KB134237

신조선전기 13권

초판1쇄 펴냄 | 2019년 06월 25일

지은이 | 다물
발행인 | 성열관

펴낸곳 | 어울림 출판사
출판등록 / 2009년 1월 23일 제 2015-000062호
주소 / 경기도 고양시 일산동구 무궁화로 43-55, 801호 (장항동, 성우사카르타워)
TEL / 031-919-0122
FAX / 031-919-0127
E-mail / 5ullim@hanmail.net

Copyright ⓒ2019 다물
값 8,000원

ISBN 978-89-992-5676-9 (04810)
ISBN 978-89-992-4794-1 (SET)

OULIM FANTASY BOOK

13

룰 역사판타지 장편소설

신조선
전기

新

어울림

신조선
新제

목차

필독

　본 소설은 허구입니다. 실제적 역사나 사실과 다를 수 있습니다.

신조선 新정기

300년의 영광을 무너뜨리다

　"감히 이렇게 하고도 고려의 미래가 밝을 것이라고 생각하시오?"

　"미래를 논하기 이전에 우리는 원칙을 바로 세우려는 것이오. 죄 지은 자들은 처벌을 받고 동맹의 뒤통수를 친 나라에 대해선 반드시 응징을 가할 것이오. 다만 아직 조선이 영길리와 외교 관계를 유지하고 있고 외교관들에겐 치외법권이 인정되니 살인과 같은 반인륜 범죄가 아닌 이상 처벌하지 않는 거요. 조용히 추방시켜 주는 것에 대해서 고마운 줄 아시오."

　민영환의 이야기에 영국 공사가 인상을 썼다.

그와 조선에 주재하고 있는 외교관들은 조선군에 의해 압송되어 김포 공항으로 향했다.

이어서 인도로 향하는 여객기에 몸을 실었고 그대로 조선에서 추방당했다.

영국 외교관들이 조선에서 추방당하자 전 세계가 크게 충격을 받았다.

그리고 다음 날 조선 외부에서 공표가 이뤄졌다.

영국이 조선에서 기술 탈취를 벌였고 그에 합당한 조치를 내렸다는 발표였다.

조선 행정부 기자회견장에서 민영환이 크게 외쳤다.

사진기를 든 기자들이 사진을 찍고 촬영기로 영상 촬영이 이뤄졌다.

"이렇게 공개된 증거와 법원 판결을 근거로 대조선제국 행정부에서는 황제 폐하와 만민을 대신하여 영국 왕실과 정부에 사과를 요구하는 바요. 만약 답변이 없을시 우리 정부는 필요한 조치들을 해나갈 것이오. 이상이오."

민영환이 단상 위에서 내려가자 기자들의 질문이 쇄도했다.

그러나 그들의 질문에 대답하지 않고 대변인이 대신 단상 위에 올라갔다.

그리고 기자들의 주된 질문인 이후의 조치에 대해서 이야기했다.

외교 전략상의 이유로 어떤 조치가 있을지 공개할 수 없다고 발표했다.

영국 정부에 그러한 모든 소식이 전해졌다.

세상이 영국이 벌인 잘못을 인지했다.

그리고 증거로 채워진 조선의 주장을 십분 신뢰했다.

로가 조지 5세에게 보고했다.

"고려가… 우리에게 사과 표명을 요구하고 있습니다……."

보고를 듣고 조지 5세가 무겁게 이야기했다.

"사과 표명을 한다는 것은 우리가 기술 탈취를 벌인 것을 인정한다는 말이지 않는가? 절대 표명을 해서는 안 되네. 사과하게 되면 그에 걸맞은 배상을 요구하게 될 거야……."

"정부의 응답이 없으면 조선이 조치를 행할 것입니다."

"어떤 조치를 말인가?"

"아직 그것에 대해선 공개되지 않았습니다. 하지만 분위기로 봐선 어떤 조치든지 벌일 것 같습니다. 고려에선 우리의 잘못으로 자국민이 처벌받았다는 식으로 주장하고 있습니다."

로의 이야기를 듣고 그 일이 어째서 영국의 탓이냐고 조지 5세가 성을 냈다.

그리고 조선이 벌일 조치에 대해서 걱정했다.

하지만 심각하지 않을 것이라고 생각했다.

"해봤자 고려에 입국하는 짐의 국민에 대한 심사가 복잡해지고 조사만 많아지겠지. 지금 상황에서 고려가 할 수 있는 것은 아무 것도 없어. 정보부의 요원도 사형시켰고

카드가 하나도 없으니 말이야. 그저 잠자코 있다가 놈들의 기운이 빠지면 유감 표명을 하게.”

조지 5세의 이야기를 듣고도 로는 곧바로 대답하지 못했다.

그는 조지 5세와 전혀 다른 전제를 놓고 있었다.

“카드가 아예 없는 것은 아닙니다.”

“어떤 카드를 말인가?”

“동맹 파기, 단교를 비롯한 우리를 적국 취급하는 카드입니다. 저는 고려가 그 카드를 쓸까 두렵습니다.”

로가 조지 5세에게 걱정을 토로했다.

그러나 그 말을 들은 조지 5세는 설마 조선이 영국을 상대로 적국 취급을 하겠냐고 시선을 돌리려고 했다.

그저 사태를 키우지 말고 잘 누그러뜨릴 수 있도록 정부에서 힘쓰라고 로에게 요구했다.

그리고 조선의 분노가 가라앉기를 기다렸다.

사과를 요구하는 조선 외부의 공문에 응답하지 않았다.

절대 큰 충돌이 일어나는 불씨로 여기지 않았다.

프랑스를 비롯한 유럽 각국을 상대로 그런 일을 벌였을 때도 시간이 지나면 잘 무마되어 왔다.

그 경험을 영국이 살리려고 했다.

영국이 응답하지 않자 조선 조정에서 기한을 정했다.

내부에서 정한 기한이 지나고 협길당에서 긴밀한 논의가 이뤄졌다.

김인석과 장성호, 유성혁, 민영환이 함께 앉았다.

이희가 보고문을 읽고 신하들에게 물었다.

"영길리가 우릴 무시하는군."

민영환이 대답했다.

"시간을 보내면서 우리 조정의 분노를 누그러뜨릴 심산입니다. 이러다가 영길리인이 엮인 사실에 대해서 유감을 표한다는 식으로 넘어갈 겁니다."

"그렇게 되면 절대 안 되지. 안 되고말고."

"사과 표명 없이 넘어가도록 만드셔서는 절대 아니 됩니다."

이희와 민영환의 생각이 일치했다. 그리고 두 사람과 천군의 생각도 일치했다.

이희가 대신들에게 의지를 표명했다.

"짐은 막강한 국방력으로 영토를 지키면서, 전쟁을 제외하고 모든 수단을 써서 영길리의 잘못 시인과 사과를 받아낼 것이다. 이에 대해 경들은 어찌 생각하는가?"

"신들 또한 그렇게 하셔야 된다 생각합니다."

"그렇다면 짐은 조선의 동맹국인 영길리의 약세를 감수할 것이다. 그들 또한 그것을 가만히 당하려 하지 않을 것이니, 어쩌면 우리가 진정으로 싸워야 하는 적에게 유리함을 안겨줄 수도 있다. 그래서 정보국장에게 묻는다. 지금 아라사는 어떤 상황인가?"

이희가 장성호에게 물었다. 그러자 장성호가 내전을 벌였던 러시아의 상황을 알려줬다.

이미 러시아의 내전은 끝난 상태였다.

"적군이 승리하고 소비에트 연방 공화국을 결성한 상태입니다. 산발적으로 반적군이 교전을 벌이고 있지만 1년 안에 모두 진압될 겁니다."

"나라를 세웠으니 이제 힘을 키워나가겠군."

"그럴 것이라 예상합니다. 하지만 빈틈은 있습니다."

"어떤 빈틈이 말인가?"

"현재 소비에트의 지도자는 블라디미르 레닌인데 그를 보좌하는 이가 트로츠키와 스탈린, 칼리닌입니다. 그중 트로츠키와 스탈린의 권력다툼이 치열합니다. 두 사람 때문에 당분간 소련이 힘을 발휘하긴 힘들 겁니다."

"한쪽이 정리되긴 전까진 소련이 위협적이지는 않겠군."

"예. 폐하."

"하지만 경이 말한 것은 어디까지나 레닌이 죽었을 때를 가정한 것이지 않는가? 레닌이 살아 있으면 그 두 사람이 싸울 일도 없는 것이 아닌가?"

이희가 물었고 장성호가 미소를 보이면서 대답했다.

"현재 레닌은 병상에 누워 있습니다."

"어째서 말인가?"

"정보국의 첩보로 얻은 정보입니다. 레닌이 뇌일혈이라는 중풍에 걸렸고, 현재 사지를 쓸 수 없는 것은 물론이거니와 말하기도 벅찬 상태입니다. 조만간 그가 숨질 겁니다."

정보국의 첩보이기도 했지만 역사에 기록되어 있는 일이

었다.

 자신 있게 말하는 장성호를 보고 이희는 그것이 역사에 있는 일이라는 것을 알았다.

 그리고 레닌이 반드시 죽을 것이라고 생각했다.

 그의 죽음 후에 소련은 혼란에 빠질 수밖에 없었다.

 "레닌이 죽고 나면 최종적으로 누가 권력을 잡을 것이라고 보는가?"

 "스탈린으로 예상하지만 두고 보셔야 된다고 사료됩니다. 중요한 것은 소련이 외부에 신경 쓰는 일은 당분간 없을 겁니다."

 "그렇다면 영길리를 이번 기회에 응징하고 사과를 받아내야겠군."

 "예. 폐하."

 "어떻게 응징해야 하는지 조정의 결론을 짐에게 고하라."

 이희가 보복의 수단을 물었다. 그리고 김인석이 대답했다.

 "레드우드사가 우리의 기술을 탈취하려 했던 만큼, 레드우드사에 대한 금융 제재를 단행하시면 됩니다. 그리고 레드우드사와 거래를 취하는 영길리의 은행에 대해서 제재를 단행하시고, 또 해당 은행과 거래하는 모든 회사와 은행에 대해서 제재를 표명하시면 됩니다. 그렇게 하셔서 영길리를 원화 금융권에서 고립이 되도록 만드시면 됩니다."

"그 과정 후에 영길리를 돕는 나라가 나오거나, 사과를 받을 수 없다면?"

"다음의 조치를 취하시면 됩니다. 서역의 원유 수출을 금지케 하시면 됩니다."

김인석의 이야기를 듣고 이희가 고개를 끄덕였다.

그는 파운드화를 대신해 원화를 유일한 기축통화로 만들면서 원유가 가진 막강한 힘을 잘 알고 있었다.

충분히 영국을 압박할 수 있다고 생각했다.

그리고 반드시 기술 탈취에 대한 인정과 사과를 받을 수 있을 것이라고 생각했다.

이희가 황명을 내렸다.

"조선에서 기술 탈취를 벌인 영길리의 레드우드사에 대해 금융 제재를 실행하라. 또한 연관된 모든 은행과 회사를 모두 제재하라."

"황명을 받들겠습니다. 폐하."

장성호를 비롯한 대신들이 이희의 명을 받았다.

그리고 곧바로 조정에서의 발표를 온 세상에 전했다.

기술 탈취를 벌인 레드우드사에 대한 제재가 선포됐고 그 회사와 연관된 모든 은행과 다시 연관된 모든 회사까지 제재 대상이 됐다.

그리고 레드우드사와 거래를 벌이거나 간접적으로 관여된 모든 나라들도 앞으로 제재하겠다는 공표를 벌였다.

이내 영국에 소식이 전해지고 조지 5세가 분통을 터트렸다.

"레드우드사를 제재하고 거래하는 은행과 다시 거래하는 회사들도 제재하겠다고?"

"예, 폐하······."

"미친놈들! 그것이 가능한 일이라고 생각하는 것인가?! 그러면 대영제국 은행을 제재하겠다는 것과 똑같은 말이지 않는가? 우리 은행과 거래하는 다른 나라 정부와 회사가 가만히 있을 것이라고 보는가?"

"그것이······."

조지 5세의 물음에 로가 쉽게 대답하지 못했다. 망설이다가 힘들게 입을 열었다.

"프랑스와 독일은 이미 고려의 조치에지지 의사를 표명하고 있습니다······."

"뭐라고?"

"이미 우리의 잘못으로 증거가 공개된 상황에서 세상의 어떤 나라도 고려를 반대할 수 있는 명분이 없습니다. 이런 상황에 고려의 국력 또한 강해서······."

"그러면 놈들의 만행을 어떻게 막는단 말인가?!"

"현재로서는 막을 수 있는 방법이 전혀 없습니다. 죄송합니다. 폐하······."

궁지에 몰린 영국을 구하고 싶은 마음은 로도 마찬가지였다.

그러나 그와 영국 장관들의 능력으로는 영국의 자존심과 명예, 국익, 그 모든 것을 한꺼번에 구할 수 없었다.

그중 단 한가지만이라도 살려야 했다.

조지 5세가 영국의 여론과 정치가들의 분위기를 살폈다.

"의회는 지금 어떠한가……?"

그의 물음에 로가 대답했다.

"사과를 해야 한다는 쪽과 절대 굴복해선 안 된다는 쪽이 반씩 갈려 있습니다. 대영제국 국민을 투옥하고 사형시킨 고려 정부에 분노하고 있습니다. 때문에 고려에서 사과를 하고 배상을 해야 한다는 주장도 있습니다. 일부 국민들의 반응은 조금 더 험악합니다."

민심이 그렇게 나쁜 상황이 아니었다.

때문에 조지 5세는 그가 원하는 것을 살리고자 했다.

그것은 영국의 자존심과 명예였다.

"반드시 버티게. 놈들이 제재를 벌인다 해도, 우리의 파운드가 쉽게 무너지지 않을 거야. 우리의 영광이 쉽게 져 버리지 않을 것이네. 그러니 반드시 버티게."

"예. 폐하……."

"버텨서 놈들에게도 제재의 여파가 미치면 거둬들일 것이네."

"예."

환경이 허락해주는 한 최대한 견디려고 했다.

영국이 피해를 입으면 영국에서 장사를 벌이는 조선 기업이 피해를 입고 식민지에서도 영향을 받을 것이라고 생각했다.

그것을 통해 조선이 피해를 인식하는 순간 제대로 된 협상과 무마가 이뤄질 것이라고 생각했다.

영국의 대응을 조선 조정에서 지켜봤다.

레드우드사에 대한 제재가 단행되고 레드우드사를 위한 계좌를 마련해준 대영제국 은행이 조선 조정으로부터 제재 당했다.

그리고 그 은행을 이용하는 다른 은행과 회사가 통째로 제재를 당했다.

그에 관한 보고가 이희에게 전해졌다.

김인석이 직접 보고했다.

"영길리에 진출한 우리 기업들이 피해를 입고 있습니다."

"심각하진 않을 테지?"

"불란서와 독일 등지에도 진출한 상태이기에 회사의 미래가 위태로운 수준까지는 아닙니다. 다만 영길리에 진출한 우리 회사가 대영제국 은행을 이용하고 있는 상황이라서 조선 회사를 제재할 수 없기에 철수 지시를 내린 상태입니다. 6개월의 유예를 뒀고 이미 철수는 시작되었습니다. 우리 경제와 영길리의 경제 사이를 단절시킬 겁니다."

이야기를 이희가 고개를 끄덕였다.

그리고 그는 계속해서 계획된 조치를 내렸고 영국의 상황을 보고 받으면서 지켜봤다.

영국에서 조선의 물건을 파는 회사의 매장이 문을 닫기 시작했다.

그중 하나는 영국인들에게도 널리 알려진 나인기였다.

나인기 매장이 문을 닫자 운동화와 운동복을 사러 온 영국인들이 당황했다.

"뭐야?"

"어째서 문이 닫힌 거지?"

"설마……?"

매장 근처에서 다른 가게를 운영하는 사장이 문 앞을 서성이는 사람들을 보면서 말했다.

"그 가게 폐점했소."

"예?"

"이번에 고려에서 우릴 제재한다 하지 않았소? 대영제국 은행이 제재되면서 우리나라에서 물건을 파는 고려 회사들이 철수 중이오. 이미 많은 가게들이 문을 닫았소."

"그러면 설마 고려 자동차 회사들도 철수하는 겁니까? 영출기를 파는 매장도 철수하고?"

"그렇게 되지 않겠소?"

"맙소사……."

"나는 고려가 이렇게 뒤통수를 칠 줄은 전혀 몰랐소. 놈들 때문에 우리 경제가 망쳐질 거요. 그래서 정말로 고려 놈들이 싫소."

영국에서 조선인을 혐오하는 사람들이 생겨났다.

그들은 영국의 자존심과 명예를 중요시하는 사람들이었다.

또한 영국 정부에 대해 강한 신뢰를 가진 사람들이었다.

그러나 많은 영국인들은 악화되는 영국과 조선의 관계에 대해서 걱정했다.

특히 조선 회사가 철수하게 될 경우 일자리를 잃는 영국인들이 크게 걱정했다.

배라리사의 차를 팔면서 막대한 수익을 올렸던 자동차 판매원이 있었다.

그에게 상사가 굳은 표정을 지으면서 말했다.

한없는 근심이 그의 얼굴에 새겨져 있었다.

"더 이상 고려에서 물량을 할당하지 않겠다는군."

"그게 무슨 뜻입니까?"

"영국에서 사업을 철수한다는 뜻일세. 고려 정부에서 행하는 제재 때문에 말이야. 조만간 우리 매장도 문을 닫을 것이네."

"……?!"

제재로 인한 충격이 영국 곳곳에 전해졌다.

배라리사 딜러점에서 일하는 직원은 곧 자신의 일자리가 사라지게 될 거라는 두려움에 휩싸였다.

그리고 이미 일자리를 잃은 영국인들은 영국 정부와 조선 조정의 조치와 결정에 대해서 강한 원망을 가졌다.

한쪽만 사정을 봐주고 머릴 숙여도 일어나지 않을 문제였다.

"대체 우리 정부는 뭘 하는 거야?"

"고려는 아예 우릴 말려 죽일 생각인가?"

"이제 좀 그만 했으면 좋겠어!"

"이대로 가다간 더 많은 실업자가 생기게 될 거야! 그냥 정부에서 미안하다고 한마디 하면 안 되나? 어째서 이렇게까지 만드는 거지?"

"어째서 우리가 피해를 입어야 되는 거야?"

일자리를 잃은 사람들이 모여서 영국 정부에 화살을 겨냥했다.

그런 모습을 보다 못한 실직자가 말했다.

"아니, 아무리 경제가 우선이라도 그렇지, 하다하다 이제는 정부 탓을 해? 이 문제는 고려가 우리 국민을 투옥시키고 사형시킨 것에 있어."

그의 말에 함께 실직한 다른 동료가 말했다.

"고려가 증거를 공개했잖아."

"뭐?"

"고려에서 우리 잘못이라고 영상 증거를 공개했다고 들었어."

그 말에 조선 탓을 하던 실직자가 다시 말했다.

"대체 어디 신문을 봤기에 그런 이야기를 하는 거야?"

"뉴월드 신문!"

"그 신문사의 대주주는 고려 황제잖아! 그걸 어떻게 감히 믿을 수 있어? 그리고 증거가 공개가 됐다는 이야기가 나오는데 그게 거짓말이라면 어떻게 할 건데? 고려가 우릴 견제하려고 벌인 짓일 수도 있어!"

"불란서와 독일도 고려 편을 든다는 것으로 아는데?"

"그놈들은 처음부터 우릴 반대했던 놈들이잖아. 절대 현혹되어선 안 돼. 놈들이 말하는 증거를 우린 절대로 본 적이 없어. 우리는 우리 정부를 믿어줘야 해."

언론통제가 이뤄지면서 조선이 공개한 증거가 거짓이라는 주장이 영국인들 사이에서 돌았다.

물론 진짜라는 주장이 반 이상이나 됐지만 그에 대적하는 주장 또한 만만치 않아서 영국인들의 여론은 갈라져서 싸우고 있었다.

그 사이 조선의 경제 제재로 영국 경제가 피폐해지기 시작했다.

제재가 실시된 지 3개월가량이 지났을 무렵이었다.

영국인들이 그에 관해서 조금 무뎌질 때 새로운 소식이 신문과 방송을 통해서 알려졌다.

"원유 금수 조치가 내려졌다고?"

"대체 이유가 뭐기에⋯⋯?"

"대영제국 은행이 고려로부터 제재 조치를 받아서, 아라비아 왕국과 이라크, 페르시아가 우리에게 원유를 팔다가 덩달아 제재 조치를 받을까봐 원유 수출을 금지한다고 쓰여 있어. 세상에 이렇게 되면 우린 어떻게 되는 거야? 기름이 없으면 차도 못 다니게 되잖아."

"차뿐만이 아니라 우리 경제가 무너질 거야."

"어떻게 이런 일이⋯⋯!"

신문을 읽던 런던 시민들이 경악했다.

그리고 중동 국가들이 영국에 대한 원유 수출을 중단한다는 소식에 앞으로 큰 위기가 닥칠 것이라고 생각했다.

그로부터 일주일이 지나 중동 나라들의 원유 수출이 전

면 중단됐다.

영국은 오직 식민지에서 생산되는 원유로 수요를 충족시켜야 했고 유전 개발이 부족한 상태에서 유가가 고공으로 뛰었다.

영국의 경제가 급속도로 나빠지기 시작했다.

중동 나라들이 원화 결제를 요구했을 때 파운드화 결제를 고수했다가 경기가 침체되었던 순간이 다시 찾아왔다.

주식이 폭락했다. 사흘 연속으로 폭락하자 영국인들은 드디어 나라가 잘못된 길로 향하고 있다는 것을 알게 됐다.

가만히 있다간 더 큰일을 겪게 될 것이라고 생각했다.

템즈강을 건너는 다리 위로 무수한 시위대가 지나갔다.

그들은 하나같이 영국의 유니온기와 피켓을 들고 정부의 조치를 요구하고 있었다.

"힘들어서 못 살겠다! 정부는 유가 하락을 위한 필요 조치들을 행하라!"

"행하라! 행하라! 행하라!"

"우리의 일자리를 찾아달라!"

"찾아달라! 찾아달라! 찾아달라!"

"와아아아~!"

경제를 살려달라고 아우성치기 시작했다.

버킹엄 궁전 앞으로 시민들이 몰려갔고 앞을 가로막는 경찰들과 대치 상황에 이르렀다.

그 앞에서 목청을 높이며 자신들의 요구를 조지 5세에게 전했다.

시민들의 원성에 조지 5세와 영국 정부는 철저하게 무시로 대응했고 침묵을 지켰다.

*　*　*

조선에서는 영국의 무대응에 다음의 조치를 준비하고자 했다.

영국이 어떤 방어를 펼칠지 미리 예상해야 했다.

이희가 장성호에게 물었다.

"아직도 사과하지 않는 것을 보니 버티려는 모양이군."

"예. 폐하."

"영길리에서 국민들이 침체된 경기에 시위를 일으켰다고 들었다. 그것을 가만히 지켜볼 것이라 생각하지 않는데 앞으로 영길리가 어떻게 할 것이라고 보나?"

하문을 받고 장성호가 대답했다.

"솔직히 영길리 입장에서 할 수 있는 것은 딱히 없습니다. 하지만 영길리 정치가들과 기업인들이 두려워하는 것이 한가지 있습니다."

"어떤 것인가?"

"파운드화의 가치 폭락입니다. 보통 화폐의 가치가 낮으면 수출에 용이하고 수입에 불리하지만, 기축통화국에 내수 위주의 나라에게는 이 부분이 다르게 적용됩니다."

"화폐를 찍어서 무역을 할 수 있기 때문인가?"

"예. 폐하. 그리고 영길리의 파운드화는 우리의 원화를 제외하면 유일의 기축통화입니다. 그동안 파운드화의 높은 가치로 식민지의 자재를 싸게 구입해서 제품을 만들고 팔아왔던 만큼 화폐 가치가 낮아지면 자재를 사들이는 비용도 높아질 수밖에 없습니다. 그러면 제품의 가격이 덩달아 높아집니다."

"물가가 폭등하면 영길리 국민들이 사는 게 힘들어지겠군."

"회사도 힘들어집니다. 영길리는 수출보다 수입을 많이 하는 나라이기에 화폐 가치가 낮아지면 그 고통이 이루 말할 수 없게 됩니다. 기업이 도산하고 화폐 가치는 더욱 내려가게 될 겁니다. 이런 부분을 생각하시면 영길리 정부가 이후 어떤 조치를 내릴지 예상할 수 있습니다."

"파운드화의 가치를 높이기 위해서 말인가?"

"예. 폐하. 은행 금리를 높여서 파운드화의 가치를 높일 겁니다. 허나 그것은 무덤을 파는 행위가 될 겁니다. 발버둥 칠수록 올가미는 더 강하게 조여들 겁니다."

그 자리에 민영환도 함께 있었다. 그가 장성호에게 물었다.

"영길리의 금리 인상 조치를 분쇄하겠다는 이야기입니까?"

"그렇습니다."

"어떻게 말입니까?"

그의 물음에 회심의 미소를 지으면서 장성호가 대답했

다.

"공매도입니다."

"공매도?"

대답을 듣고 깨달은 이희가 되물었다.

"파운드화를 공매도한단 말인가?"

"예. 폐하."

"어떻게 이뤄지는 것인지 자세히 알려 달라."

설명이 필요했다. 그에 장성호가 공매도가 무엇인지 알려줬다.

"우선 원화나 금융회사의 신용을 담보로 영길리 파운드화를 대출합니다. 그리고 대출한 파운드화를 원화로 대규모 환전을 해서 영길리 국내에 푸는 것입니다. 그렇게 되면……."

"영길리에 파운드화가 넘치겠군."

"화폐 가치가 폭락하고 대영제국 은행은 금리를 인상하고 파운드화를 거둬들여서 가치를 높이려고 할 겁니다. 하지만 어느 시점에서 한계에 다다르게 되면 높아지는 금리에 경기가 더 이상 버틸 수 없게 됩니다. 대출을 벌인 회사가 도산하기 시작하고 결국 금리 인상을 중단하면서 파운드화의 가치는 공매도에 폭락하게 됩니다."

"흐음."

"이때 원화를 다시 파운드화로 환전하면 싼 값에 파운드화를 매수할 수 있는 만큼, 빌린 파운드화를 얼마든지 갚고 원화 차익을 실현시킬 수 있습니다. 이것은 어디까지나 공매도에 참여하는 경우고 영국의 입장에선 금리만 잔뜩 올라 경제가 망가집니다. 이를 통해 영길리를 굴복시킬 수 있습니다."

공매도 설명을 듣고 이희가 고개를 끄덕였다.

민영환은 마치 신박한 이야기를 들은 것처럼 탄성으로 가득 채워진 표정을 지었다.

환하게 웃으면서 이희에게 말했다.

"특무대신의 말 대로면 영길리는 반드시 무너집니다."

그러자 이희가 장성호에게 물었다.

"그렇다면 파운드화를 대출하면 되는가?"

이내 대답을 들었다.

"그렇게 하시지 않으셔도 됩니다."

"어째서 말인가?"

"지금 상황에서 이미 영길리와 우리 국민들의 악감정이 높은 수위에 올랐습니다. 만약 조정 차원에서 공매도를 벌이게 된다면 이것은 곧 전쟁 선포와 같게 됩니다. 영길리 정부가 싸우는 것은 어디까지나 조정이 아닌 민간이 되어야 합니다. 그리고 선봉은 조선인이 아닌 다른 나라 사람이 되어야 합니다. 그들이 원망의 총알받이가 되어야 하고 우리는 본진이 되어 적의 방어선을 무너뜨려야 합니다. 대리인을 통해서 공매도 공격을 유도하소서."

"유과장을 통해서 말인가?"

"예. 폐하. 유과장이라면 인맥을 동원해서 충분히 선봉을 맡을 수 있습니다."

군이 조선이 악역을 자처할 필요가 없었다.

장성호의 의견을 듣고 이희가 고개를 끄덕였다. 그리고 곧바로 황명을 내렸다.

"유과장과 연락을 취해 공매도 공격을 유도하라."

"황명을 받들겠습니다. 폐하."

대리인을 통해 화살의 방향을 돌리려고 했다.

그 화살은 허공으로 날아갈 화살이었다.

유령과 같은 존재와 영국이 싸울 수밖에 없었다.

장성호는 행정부로 돌아가서 마저 업무를 보고 집으로 와서 성한과 교신을 취했다.

그리고 영국의 상황과 앞으로의 계획을 알려줬다.

장성호의 이야기를 듣고 성한이 통신기를 통해서 말했다.

—공매도가 제대로 실현된다면 파운드화는 완전히 붕괴할 겁니다. 영국의 경제도 무너질 것이고 말입니다. 하지만 그때가 되어서도 영국이 항복할지는 의문입니다.

"주체가 바뀌기 때문입니까?"

—그렇습니다. 조선이 선봉을 맡고 주도해서 공매도를 벌인다면 더 큰 보복이 올까 두려워하겠지만, 미국의 금융인들이 먼저 나서게 되면 이것은 불상사처럼 여기게 될 겁니다. 설령 후에 공매도를 벌일 조선인 금융인들이 영국의 숨통을 끊어놓더라도 말입니다. 영국 경제가 무너져도 기술 탈취에 대해서 반성할지는 의문입니다.

성한의 이야기를 듣고 장성호가 동의했다.

"저도 그 점에 대해서는 동의합니다. 하지만 저는 조금 다른 그림이 그려지길 원합니다."

―어떤 그림을 말입니까?

"그저 영국의 경제가 망가지는 것이 아니라 초토화가 되길 원합니다. 대규모 환전이 이뤄지니 그것으로 인한 후과가 반드시 있습니다. 제가 노리는 것은 바로 그것입니다."

후과가 무엇인지 성한이 생각하고 깨달았다.

통신기 너머에서 성한이 미소를 지었다.

―그것이라면 정말로 영국이 굴복하겠군요.

"예. 과장님. 그리고 영국은 우리가 세계의 새로운 지도자라는 것을 인정하게 될 겁니다. 이제 그 문턱에 와 있습니다. 서열 정리가 확실해지면 이후로 다툼은 줄어들 겁니다."

장성호가 앞으로 펼쳐지는 세상을 예언했다.

성한은 그 안에서 새로운 희망이 품어질 것이라고 생각했다.

―어찌되었건 제가 무엇을 해야 하는지는 알겠습니다. 준비가 되면 연락을 드리겠습니다.

"예. 과장님."

교신을 끝내고 영국의 발버둥을 그치게 할 마지막 한 수를 준비했다.

성한이 인맥을 총동원했다. 그 중심엔 그의 도움으로 신용 회사를 설립한 존 무디가 있었다.

무디를 집무실에서 만난 성한이 차를 마시면서 영국에

대한 이야기를 했다.

영국의 전망에 대해서 무디가 부정적인 생각을 밝혔다.

"저도 솔직히 영국 경제가 다시 살아날 것이라고 생각하지 않습니다. 이미 대영제국 은행이 고려 정부로부터 제재를 맞은 상황에다가 중동 원유 수출국이 제재를 피하기 위해 영국에 대한 금수조치를 내린 상황입니다. 갈수록 영국 경제는 침체될 것이고 경기가 하락할 겁니다."

"파운드화의 가치에 대해선 어떻게 생각합니까?"

"당장은 아니지만 언젠간 하락할 겁니다. 그리고 이미 파운드화를 대체한 원화가 있습니다. 한번 무너지면 걷잡을 수 없이 무너질 겁니다."

무디의 의견을 듣고 성한이 고개를 끄덕였다. 그리고 의미심장하게 미소를 지었다.

성한이 준비하고 있는 일을 무디에게 밝혔다.

"조만간 영국을 상대로 공매도 공격이 들어갈 겁니다."

그 말을 듣고 무디가 깜짝 놀랐다.

성한이 무디에게 공매도가 어떻게 이뤄질 것인지를 알려줬다.

무디는 영국의 경제가 예상보다 심각하게 무너질 것이라고 생각했다.

어쩌면 수백년 동안 일궈왔던 영광이 지워질 것이라고 여겼다.

"정말로 그렇게 공매도 공격이 들어간다는 말입니까?"

"그렇습니다."

"그렇게 되면 영국은 정말로······."

"이미 건설한 기반은 그대로이지만 100년 정도 경제가 후퇴할 겁니다."

"맙소사······."

"공매도에 가담한 사람들은 막대한 수익을 거둘 것이고 무디 신용사도 큰 수익을 얻을 겁니다. 영국이 금리를 1차로 인상하면 미국의 금융투자자들이 공매도를 예고할 겁니다. 그때 조선의 신용 회사에서 공매도를 벌이는 쪽의 승리를 예측하면 무디 신용사에서도 함께 예측 발표를 해주시기 바랍니다. 그러면 더 많은 투자자들이 공매도에 뛰어들고 대영제국 은행은 결국 마지막 방어에 실패하게 될 겁니다. 그러면······."

"조선의 신용 평가사와 저희 회사의 평가만 정확해지게 되겠군요."

"그렇습니다. 그리고 선봉은 미국이지만 본대는 고려입니다."

"고려······."

"미국의 투자자들이 길을 내면 고려의 투자자들이 자본을 총동원해서 뛰어들 겁니다. 물론 영국의 오판을 위해서 고려투자자들이 참여한다는 소식은 미국인 투자자들만 알고 밖으로 새어나가지 않을 겁니다. 그러니 반드시 이길 것이고 우리는 대영제국의 몰락을 보게 될 겁니다."

다른 나라도 아니고 영국이었다.

세계를 지배하다시피 했던 나라였다.

감히 최강국 중 한 나라라고 말할 수 있었다.

그런 나라를 몰락시킨다는 계획을 듣고 무디는 가슴 속에서 무언가 꿈틀거리는 것을 느꼈다.

"공매도가 예고되고 고려에서 평가를 내리면 우리도 함께 평가를 내리겠습니다."

모든 것이 준비되었고 방아쇠가 당겨지기를 기다렸다.

* * *

조선의 제재와 원유 금수조치로 영국의 경기가 하강하고 있었다.

파운드화의 가치가 하락하면서 물가가 더욱 치솟기 시작했다.

버킹엄 궁전 앞의 시위대는 더욱 목소리를 높였다.

로의 정부는 하락하는 경기를 붙들기 위해서 필요한 조치를 정하고 조지 5세에게 보고했다.

보고를 듣고 영국 국왕이 되물었다.

"금리를 인상한다고?"

"예. 폐하."

"파운드화의 가치를 높이기 위함인가?"

"지금 상황에서 원자재 가격이라도 낮춰야 높아지는 물가를 잡을 수 있습니다. 오직 파운드화의 가치를 높이는 것만이 그나마 국민들의 원성을 낮출 수 있습니다. 국내 기업이 다소 힘들어지겠지만 파운드화의 가치가 내려가는 것보단 낫습니다."

로의 이야기에 조지 5세가 고개를 끄덕였다.

"그러면 그렇게 하게… 금리를 높여서 파운드화의 가치를 붙잡게."

"예. 폐하."

정부의 결정대로 금리 인상이 시행되었다.

5퍼센트에 이르던 금리가 7.5퍼센트가 되었다.

그것은 한달에 10파운드씩 갚던 이자를 15파운드씩 갚는 것으로 바뀌는 것과 같았다.

대출이나 채권으로 경영을 유지하는 영국의 회사들이 어려워졌다.

하지만 그 정도는 견딜 수 있었고 원자재를 수입해서 가공품을 만드는 생산력이 유지됐다.

그렇게 급한 불을 끄고 있었다.

그리고 영국에 대서양 건너 소식이 날아들었다.

아침에 관저에서 일어난 로가 신문을 읽다가 미간을 좁혔다.

"공매도를 예고했다니 이게 무슨 말이오……?"

곁에 비서실장과 재무장관이 함께 있었다.

재무장관인 '필립 스노든'이 급히 로에게 보고했다.

"미국의 금융투자자들이 파운드화 공매도를 예고했습니다. 아무래도 놈들이 우리를 사냥감으로 점찍은 듯합니다. 대대적인 공격이 들어올 수 있습니다."

"이제는 하다하다 양키 놈들마저 대영제국을 우습게 여

36

기다니! 그래서 대비는 된 것이오?"

"자금을 준비 중입니다. 그리고 충분히 막을 수 있습니다. 거창하게 예고는 했지만 상대는 일개 투자자 집단입니다. 바위에 계란을 던지는 형국입니다."

"그래도 모르니 단단히 준비하시오."

"그렇게 하겠습니다. 각하."

미리 준비해서 나쁠 것이 없었다.

대비하는 모습을 보여서 국민들을 안심시키려고 했다.

신문을 읽은 영국인들이 술렁였다.

"양키 놈들이 공매도를 할 거라고? 무슨 이야기야 이거?"

공매도에 관한 설명이 기사로 실려 있었다.

"대출로 파운드화를 받아서 환전할 거라는데 양키 놈들이 이기면 우리 경제가 망가질 거라고 쓰여 있어. 우리가 이기면 놈들만 돈을 잃게 되고."

"대체 무슨 생각으로 우리에게 덤비는 거지? 그래도 우린 대영제국이잖아."

"그러니까."

"아마 놈들은 대출 이자만 잔뜩 날려 먹고 도망치게 될 거야. 요즘 우리가 힘들긴 하지만 상대를 잘못 택했어."

"정부에서 놈들을 아예 박살낼 거야."

"나도 그렇게 할 거라고 생각해."

새로운 적이 등장하자 영국인들은 잠시나마 정부에 대한 비난과 항의를 멈추고 미국인 투자자들을 응징하길 응원했다.

 대다수 영국인들이 일개 투자자들을 상대로 이길 것이라고 생각했다.

 그 와중에 조금 걱정을 내비치는 사람들도 있었지만 어느 누구도 대영제국이 패할 것이라고 생각하지 않았다.

 재무부에서 정부를 대표해 언론 발표를 했다.

[미국의 금융투자자들이 파운드화 공매도를 발표했지만 우리는 만반의 준비를 하고 있습니다. 이미 대응할 수 있는 재화를 마련해놓고 있기에 충분히 공매도 공격을 막아낼 수 있습니다. 오히려 공매도를 벌인 쪽에서 막대한 손해만 보게 될 것입니다.]

 영국 정부의 발표를 영국인들이 신뢰했다.

 그리고 미국인들의 공매도는 무위에 그칠 것이라고 생각했다.

 그때 조선의 신용 평가 회사에서 발표가 이뤄졌다.

 공매도 결과에 대해서 영국 정부와 전혀 다른 예측을 내놓았다.

 그와 함께 무디 신용사도 파운드화의 폭락을 예측했다.

[이미 영국의 경제는 여유가 없는 상황이다. 경기는 침체되고 물가 상승의 압력을 받는 상태에서 공매도 공격이 대대적으로 이뤄지면 파운드화의 가치를 유지하기 위해 추

가적으로 금리를 인상해야 하는 상황에 처하게 된다. 아마도 한번이나 두번은 가능할 것이라고 본다. 하지만 만약 영국에서 감당하기 힘든 공매도가 이뤄지게 되면 결국 금리 인상은 불가능해지고 파운드화의 가치 또한 폭락하게 된다. 현재로썬 이런 그림이 매우 구체적이며 현실화될 가능성이 매우 높다. 따라서 영국의 공매도 방어에 대해서 굳이 예측을 내놓는다면 영국이 패할 것이고 미국인 투자자들이 승리할 것이라고 본다. 영국은 전례 없는 끔찍한 침체를 경험할 수도 있다.]

뉴월드 타임스를 통해서 무디 신용의 발표가 미국 유럽 전역에 알려졌다.

신문을 읽는 프랑스인들이 혀를 찼다.

"아예 악담을 퍼붓는구먼. 하지만 무디 신용까지 이 정도로 말하면 뭔가 있다는 이야기잖아."

"그렇게 된다고 봐야 하겠지?"

"양키들이 해적 놈들을 상대로 과연 이길 수 있을까?"

"이기든 지든 흥미진진한 것은 분명한 것 같아."

"이번 기회에 투기꾼들에게 영국이 제대로 박살났으면 좋겠어."

"동감이야."

반신반의하면서 공매도를 벌이는 사람들이 승리하길 원했다.

그리고 자주 혈투를 벌였던 영국이 처참하게 패하기를

원했다.

보통의 사람들이 의심하는 가운데 금융인들 사이에서는 세상이 잘 모르는 뒷이야기가 돌기 시작했다.

미국의 월스트리트 금융인들 사이에서 공매도에 관한 이야기가 돌았다.

"공매도로 차익을 노린다라……."

"우리가 이긴다면 엄청난 이익을 얻겠지만 진다면 막심한 손해만 얻게 될 거야. 그래도 대영제국인데 나는 이길 수 없다고 봐."

"영국은 영국이야. 우리는 일개 금융투자자에 불과하고. 투자자들이 모여서 작당해봐야 나라를 상대로 대체 어떻게 이겨? 나는 이 일에 참여하지 않을 거야."

공매도에 관해서 부정적으로 생각하는 투자자들이 있었다.

그런 분위기는 삽시간에 다른 투자자들에게 번져갔다.

미국의 금융투자자들을 움직이게 만들 수 있는 확실한 무언가가 필요했다.

그때 한 투자자가 자신이 아는 정보를 다른 투자자에게 말했다.

그것은 공매도를 하는 사람들의 불안을 지우는 정보였다.

"사실, 이번에 종로 쪽에서도 움직인다는 정보가 있어."

"뭐? 그게 사실인가?"

"그래."

"확실히 신뢰할 수 있는 정보인가?"

흥분하며 투자자들이 물었다. 그러자 조선의 참전을 알린 투자자가 대답했다.

"고려 황제의 대리인을 아는가?"

"소문의 그 대리인?"

"그래. 그와 전에 함께 식사를 한 적이 있는데, 내게 알려준 정보야. 종로에서 공매도에 뛰어들 거야."

정보 출처를 알리자 투자자들의 표정이 달라졌다. 그리고 분위기가 반전됐다.

"종로가 움직인다니……!"

"종로 쪽에서 참전한다면 이야기가 달라져. 우리보다 10배에 이르는 자본을 동원할 수 있으니까. 절대로 지지 않을 거야."

투자자들의 분위기를 보고 정보를 밝힌 자가 다시 말했다.

"만약 공격에 들어가면 우리가 선봉을 맡고 고려가 본대를 맡게 될 거야."

그 말에 다시 질문이 이뤄졌다.

"우리가 선봉이라고?"

"그래."

"어째서?"

월가가 선봉을 맡는다는 이야기에 한 투자자가 물었고 대답을 들었다.

"그야 영국을 속여야 하니까. 규모가 큰 고려가 움직이면 영국도 그에 맞춰서 대비할 거고, 우리가 움직이면 우리 수준에 맞춰서 대비하겠지. 그러다가 나중에 고려가 참전하면 영국의 방어는 완전히 무너지게 될 거야. 이 전투에서 우리가 패할 일은 절대 없어. 나는 가용할 수 있는 모든 자본을 동원해서 공매도에 투자할 거야. 반드시 우리가 이길 거야."

나름의 이유가 있었다. 그 덕에 투자자들의 모든 의문이 해소되었다.

그와 함께 바위보다도 단단한 자신감을 얻었다.

승패를 미리 알고 있는 상태에서 이기는 쪽에 걸지 않는 것만큼 어리석은 행동이 없었다.

"나도 공매도에 모든 것을 걸겠네."

"나도 마찬가지일세."

월스트리트가의 금융인들이 파운드화 공매도를 벌일 뜻을 세웠다.

그리고 영국을 속이기 위해서 조선이 참전한다는 소식을 숨기고 그들끼리만 정보를 공유했다.

결국 반신반의하던 남은 투자자들도 대세로 여겨지는 분위기에 파운드화의 폭락에 돈을 걸었다.

언론조차 잘 모르는 미국의 금융인과 투자자들이 여객기를 타고 영국에 조용히 입국했다.

그들은 자신들이 가지고 있는 VIP통장을 제시해서 무제한에 가깝게 파운드화를 대출하고 통장에 예금으로 새겨 넣었다.

그리고 예정일이 되자 약속된 행동을 벌이기 시작했다.

한 투자자가 은행에서 직원에게 환전을 부탁했다.

"이 통장에 있는 돈을 전부 원화로 환전하신다는 말씀입니까?"

"그렇소."

"아…알겠습니다. 지금 바로 환전해 드리겠습니다."

VIP 고객이었기에 환전의 목적이나 금액의 제한을 두지 않았다.

직원은 찝찝함을 느끼면서도 자신의 일에 충실했고 미국에서 온 투자자가 원하는 대로 통장에 있던 모든 돈을 원화로 환전해 현찰로 인출시켜줬다.

최고 고액권인 100원 지폐가 수천 장으로 인출되어 두개의 큰 가방 안에 가득 담겼다.

미국인 투자자는 만족한 미소를 보이면서 은행에서 나갔고 차를 타고 자신의 숙소로 돌아갔다.

이어 또 다른 미국인이 들어와서 환전을 요구했다.

"이 통장의 파운드화를 원화로 바꾸고 싶은데 가능하겠습니까?"

그의 요구에도 직원은 자신의 일에 최선을 다할 수밖에 없었다.

그렇게 영국 내 은행에서 보관되던 원화가 급속도로 줄어들었다.

그리고 환전된 파운드화는 대출된 파운드화였기에 대영제국 은행에서 발행한 적이 없음에도 발행한 것 같은 효과를 나타내기 시작했다.

시중에 무더기로 파운드화가 풀리기 시작했다.

그 소식이 조지 5세에게 보고됐다.

미국에 큰 분노를 느끼면서 로가 준비한 조치를 신뢰했다.

"양키 놈들이 감히 우리 뒤통수를 치다니… 하지만 미리 준비했던 만큼 막을 수 있겠지?"

"예. 폐하."

"놈들이 어느 정도까지 자본을 동원하리라고 보는가?"

"5천만 파운드 가량으로 예상하고 있습니다. 하지만 변수를 따져서 1억 파운드까지는 근접할 수도 있다고 보지만 그 아래로 예상하고 있습니다."

"파운드화가 시중에 풀리면 매수할 것인가?"

"예. 대영제국 은행에 예치되어 있는 금으로 먼저 매수할 겁니다. 그렇게 해서 투기꾼의 공격을 막을 겁니다."

미리 예고되었던 만큼 영국 정부도 파운드화 공매도를 대비하고 있었다.

로의 대답을 듣고 조지 5세가 고개를 끄덕였다.

"좋아. 그러면 금으로 현찰을 사서 놈들의 공격을 막게. 양키 놈들에게 대영제국의 저력을 보여주게."

"예. 폐하."

그때까지만 해도 나라가 투기꾼들을 이길 것이라고 생각했다.

하지만 그것이 오판이었고 며칠 안에 그 사실을 알게 됐다.

10배에 이르는 투기꾼이 영국의 은행에 몰려들었다.

엄청난 액수의 파운드화가 원화로 환전되거나 심지어 달러와 프랑으로도 환전되었다.

그리고 다시 시중에 파운드화가 풀리면서 가치가 떨어지기 시작했다.

파운드화를 방어하기 위해 계속해서 금으로 현찰을 사들였고 결국 대영제국 은행에 준비되어 있던 모든 금고가 비워졌다.

더 이상 파운드화를 사들일 수 없는 상황에 이르렀다.

수심 가득한 표정을 지으며 로가 스노든과 함께 조지 5세에게 찾아갔다.

식은땀을 흘리면서 스노든이 조지 5세에게 보고했다.

"대영제국 은행에 예치되어 있던 금이 모두 바닥났습니다……."

"뭣이……?"

"우리가 상상한 것 이상으로 파운드화가 시중에 풀렸습니다. 때문에 더 이상 매수할 수 없습니다."

"대체 얼마나 풀렸기에 금이 바닥난 것인가?"

"10억 파운드입니다……."

"10억 파운드……?"

"놈들의 공세가 우리의 예상을 훨씬 상회했습니다……."

조지 5세가 기막힌 표정으로 로에게 물었다.

"이게 대체 어떻게 된 일인가…? 많아도 1억 파운드 이하로 예상했는데 10억 파운드라니?!"

로가 침통한 표정으로 대답했다.

"미국의 모든 금융인들이 뛰어들었습니다……."

"뭐라고……?"

"신용과 원화도 모자라서 심지어 달러까지 동원해서 파운드화를 대출해 환전했습니다… 우리가 상대하고 있는 것은 일개 투기 집단을 넘어서서 국가 급입니다. 한 나라의 총 공세를 상대하는 것이나 마찬가지입니다. 저희가 잘못 판단했습니다……."

"맙소사……."

현실을 깨닫고 자신만만했던 여유가 싹 지워졌다.

어쩌면 영국이 패해서 참을 수 없는 고난의 시간이 찾아올 수도 있다는 생각이 들었다.

그런 미래를 반드시 막아야 했다.

"놈들의 공격을 막을 수 있는가?! 이제 어떤 조치를 내릴 것인가?!"

조지 5세의 물음에 로가 입술을 꾹 다물었다. 그리고 힘들게 입을 열었다.

"더 이상의 매수는 불가능합니다……."

"그러면……?!"

"금리인상으로 파운드화를 거둬야 합니다."

"어…얼마나 가능하겠는가?"

"현재 7.5퍼센트입니다. 지금의 금리를 10퍼센트로 올리고 만약 그것으로도 부족하면 15퍼센트로 올려야 합니다. 그것으로도 막을 수 없다면…….”

영국의 경제를 갉아먹는 조치였다.

그 이상을 생각해선 안 되었다.

“아니, 반드시 막아야 합니다. 15퍼센트 위로 금리를 올릴 수 없습니다. 그때부터 영국의 기업이 도산하게 됩니다. 15퍼센트가 우리 경제의 최후방어선입니다. 그 전에 반드시 막아내야 합니다.”

보고를 듣고 조지 5세의 얼굴에 그늘이 졌다.

하지만 그가 할 수 있는 것은 아무것도 없었다.

오직 총리와 장관을 신뢰하는 것만이 그가 할 수 있는 일이었다.

“부디… 짐의 제국과 국민을 구해 달라…….”

“최선을 다하겠습니다. 폐하…….”

위기에 빠진 나라를 구해야 한다는 사명감을 안았다.

계획됐던 대로 금리인상이라는 초강수를 둬서 투기꾼의 공매도를 막으려고 했다.

금리인상 소식을 들은 영국 국민들이 크게 놀랐다.

“금리가 10퍼센트라고 그러면 대체 이자를 어떻게 갚아야 하는 거야?”

“5퍼센트 시절 때 한달에 10파운드를 갚는다 치면 20파운드가 되는 거야. 100파운드가 되면 200파운드가 되는 거고. 많은 대출로 돈을 빌린 사람이나 회사는 이번에 정말 힘들어 지겠어.”

"세상에 이자가 두배나 오르다니. 이건 좀 충격을 받겠는데……."

금리인상의 원인을 알고 있었다.

"양키 놈들 때문에 금리를 인상하는 거잖아. 놈들 때문에 파운드화가 하락되어서 그것을 막기 위해서라도 금리가 인상되어야 해. 안 그러면 원자재를 수입할 때 큰 값을 치러야 해. 차라리 금리가 인상되고 재정이 건전한 회사라도 살아남는 게 나아."

어쩔 수 없이 견뎌야 한다는 분위기가 일어나고 있었다.

영국인들은 그 순간에도 끝내 영국 정부가 이길 것이라고 생각했다.

지친 투기꾼이 공매도를 그만두고 철수할 것이라고 생각했다.

그러나 여전히 공매도는 그치지 않았다.

오히려 전보다 더 세차게, 폭풍이 몰아치듯 영국 경제를 휩쓸기 시작했다.

고지가 보이자 행군 속도를 높이는 군대와도 같았다.

더 많은 파운드화가 환전됐고 10퍼센트로 높아진 금리인상을 무력화시켰다.

재정부에 파운드화의 가치 하락이 보고됐다.

스노든이 로를 만나서 다급히 그 사실을 알렸다.

"원화에 대비한 파운드화 환율이 급등하고 있습니다! 우리 화폐의 가치가 계속해서 떨어지고 있습니다! 각하!"

10퍼센트 금리론 미국인 투자자들의 공매도를 막기 어

려웠다.

결국 로가 극약처방을 내렸다.

"현행 금리를 15퍼센트로 올리시오. 그리고 버텨야 하오… 반드시 말이오… 사활을 걸어 놈들의 공세를 꼭 막으시오……."

"예. 각하……."

보고를 위해 조지 5세를 만나기가 몹시 두려웠다.

희소식이 아니라 비보를 전하기 위해서 움직이는 발걸음이 너무나 무거웠다.

로의 보고를 들은 조지 5세는 한없는 수렁에 빠지는 기분을 느꼈다.

"결국… 이렇게 되는 것인가……."

"죄송합니다… 폐하……."

"15퍼센트 금리로 인상해서 막을 수 있겠는가……?"

조지 5세의 물음에 로가 차분히 대답했다.

"우리와 마찬가지로 적들이 한계에 이르렀다면 막을 수 있습니다……."

대답을 듣고 한계가 아닌 경우를 물으려고 했다.

하지만 물어봐야 소용없는 일이었기에 질문을 거두고 다른 조치들을 전했다.

"국민들을 진정시키고 이 일을 벌인 양키 놈들에게 책임의 화살을 돌리게……."

"예. 폐하……."

금리인상으로 기업이 도산하는 후폭풍을 감수하려고 했

다.

그리고 그 책임을 미국인 투자자들에게 물으려고 했다.

다음 날 금리인상 조치가 내려지고 신문을 본 영국인들이 크게 분노했다.

영국이 입는 피해가 미국인들로 인해서 일어나는 일이라 여겼다.

"까마귀가 따로 없어."

"하이에나 같은 놈들!"

"우리가 이렇게 힘든 것은 전부 양키 놈들 때문이야. 이놈들 때문에 금리가 올라가서 회사가 도산하고 있어! 망할 자식들!"

공매도를 벌이는 미국인 투자자들에게 분노했다.

그리고 어느새 조선으로 향했던 화살의 끝이 돌려졌다.

15퍼센트 금리로 인상되면서 기업은 힘들어졌지만 파운드화의 가치가 더 이상 하락하지 않았다.

추가로 공매도가 이뤄지지 않았다.

그러한 보고를 받고 로가 한숨을 쉬었다.

"드디어… 막았소… 여기서 멈추다니……."

"양키 놈들도 한계에 이른 것 같습니다."

"그러게 말이오."

"결국 대출을 갚기 위해서 파운드화로 재환전 할 겁니다. 그때까지 방심하시면 안 됩니다. 각하."

스노든의 이야기를 듣고 로가 고개를 끄덕였다.

그리고 급한 불은 어느 정도 껐다고 생각했다.

나중에 공매도 세력이 물러나고 나면 망가진 영국 경제를 고치기 위해 조선의 사과 요구를 어떻게 무마시킬지, 제재에서 어떻게 벗어날지에 대해서 생각했다.

 그것 또한 만만치는 않았지만 파운드화가 폭락하는 것보다는 나았다.

 그렇게 미국인 투자자들의 공매도를 무위로 돌렸다.

 보고를 전하려고 버킹엄 궁전으로 향하려고 했다.

 그때 재정부의 관리가 스노든을 찾아왔다.

 스노든에게 긴급한 보고를 전했다.

 "다시 파운드화 가치가 폭락하고 있습니다!"

 "뭣이?! 어째서 말인가?"

 "배… 백억 파운드입니다… 백억 파운드가 화폐와 현물로 환전되고 있습니다…! 고려인 투자자들이 공매도를 벌이고 있습니다!"

 누구도 예상 못했던 강대한 복병이 숨어 있었다.

 그들은 가쁜 숨을 쉬는 영국의 숨통을 끊으려고 했다.

 소식을 듣고 로의 두 눈이 눈물로 채워졌다.

 "어떻게 고려가 감히……!"

 그가 할 수 있는 것은 아무 것도 없었다.

 그저 절망하면서 영국의 영광이 무너지는 것을 지켜볼 수밖에 없었다.

 300년 동안 이어지던 대영제국의 시대가 저물고 있었다.

큰 빚을 지다

　런던의 한 방송국에서 촬영기 앞에 앉은 뉴스 진행자가 굳은 표정을 짓고 있었다.

　그리고 촬영이 시작되자 준비된 대본을 읽으면서 영국 국민들에게 새소식을 전하기 시작했다.

　그 소식은 매우 슬픈 소식이었고 나라의 미래를 어둡게 만드는 소식이었다.

　영국의 경제가 무너지고 있었다.

　[그동안 세번의 금리인상이 실시되면서 5퍼센트에서 15 퍼센트까지 인상되었지만 결국 파운드화의 가치 하락을

막지 못했습니다. 오늘 원화 기준으로 5파운드였던 환율이 8파운드로 폭등했습니다. 그런데 이게 끝이 아니라고 합니다. 경제 전문가와 지식인들 말로는 최소 10파운드 이상, 최고 15파운드까지 예상한다고 합니다. 앨버트 기자가 취재에 나섰습니다.]

환율이 급등하고 있었다. 영국 정부와 대영제국 은행의 발버둥이 멈췄다.
마치 사형 집행을 기다리는 사형수와 같은 처지가 되어서 아무 것도 할 수 없었다.
혹은 죽을 날만 기다리는 식물인간 같은 존재가 되었다.
뉴스에 출연한 경제 전문가를 상대로 진행자가 물었다.

[이렇게 환율이 폭등한 상태에서 우리 기업들은 원자재를 수입하기가 쉽지 않습니다. 심지어 우리 식민지에서 생산되는 원자재조차 말입니다. 이럴 것 같으면 금리라도 인하해서 파산 직전에 몰린 회사들이라도 살려야 되는 것은 아니겠습니까?]

진행자의 물음에 교수인 전문가가 대답했다.

[지금도 최악이지만 금리를 인하할 경우 더 최악의 상황이 발생합니다.]
[어째서인가요?]

[금리가 인하되면 지금의 파운드화의 가치를 더욱 끌어내리는 상황이 발생하게 됩니다. 한마디로 휴지 조각이 되는 것이지요. 물가는 급등에 급등을 더하고, 작게나마 힘들게 수입되는 원자재조차 구할 수 없는 상태에 이르게 됩니다. 그래서 더욱 심각한 상황이 펼쳐지기에 금리를 인하할 수 없는 것입니다. 정부와 대영제국 은행 입장에선 지금이 최선입니다.]

경제학과 교수의 이야기에 진행자가 고개를 끄덕였다.

그리고 뉴스를 보고 있는 영국 부호와 귀족들은 절망을 느꼈다.

그들에게 더 이상 자존심은 존재하지 않았다.

"어쩌다가 이렇게 되었을까……."

"마치 신이 우리에게 벌을 내리고 있는 것 같아."

"정말로 열심히 산 죄밖에 없는데……."

스스로가 최선을 다해 살았다고 생각했고 합당한 대가를 얻질 못하고 있다고 생각했다.

뉴스를 시청하는 한 부호가 영출기를 껐다.

한숨을 쉬면서 영국의 경제 사정에 안타까워했다.

"후우……."

곁에 있던 그의 아내가 물었다.

"우리나라가 이대로 망하게 될까요?"

"함부로 그런 말을 하지 마시오. 말이 씨가 될 수 있으니."

"당신의 회사는 어때요? 괜찮나요?"

"……."

아내의 물음에 부호가 대답하지 못했다.

그의 이름은 '아론 체이서'로 체이서 사무기기 제작사의 사장이었다.

고민하다가 웃으면서 아내에게 말했다.

"힘들긴 하지만 별일 없을 거요. 그러니 걱정하지 마시오."

"네……."

겉으로는 걱정하지 말라고 했지만 이미 그의 가슴 속엔 깊은 근심이 자리 잡고 있었다.

회사가 너무나도 힘들었다.

원자재 가격이 급상승하면서 생산 단가가 높아지고 있었다.

수출이라도 해야 하는데 그 시장을 이미 조선이 전부 차지하고 있었다.

오직 영국 안에서 타자기와 같은 사무기기를 팔아야 했다.

그런데 다른 회사도 어려워지면서 더 이상 체이서의 회사로부터 타자기를 구입하는 회사가 없었다.

일반인들이 구하는 경우는 더더욱 드물었다.

그 와중에 회사에 비보가 날아들었다.

"뭐라고 했나…? 입금이 불가능하다고……?"

"예. 사장님……."

"그렇게 되면 이틀 뒤 만기일에……."

"아마도 대출 원금을 갚을 수 없을 것 같습니다… 이미 높아진 이자를 갚느라고 회사 재원을 많이 쓴 상태입니다. 정말… 죄송합니다……."

하늘이 무너지는 것 같은 느낌을 받았다.

임원으로부터 보고를 받은 체이서가 의자 위에 주저앉아서 할 말을 잃어 버렸다.

그는 회사를 살리기 위해서 공장에 쌓인 제품을 급히 팔려고 했지만 어떤 회사도 그것을 사주지 않았다.

결국 아무 것도 하지 못한 채 대출금 만기일이 왔고 갚을 수 없는 처지에 이르렀다.

은행 직원들이 와서 공장 설비와 건물을 살피고 체이서에게 종이 한 장을 보여줬다.

그것은 빚을 공장 설비와 건물로 갚는다는 내용의 문서였다.

펜을 든 손이 덜덜 떨리고 있었다.

"여기에 서명하시면 됩니다."

"……."

눈에서 하염없이 눈물이 흘러내렸다.

집에도 은행 직원이 찾아간 것을 알고 있었다.

오열하며 압류 확인서에 서명했고 그를 직장을 잃은 임직원들이 지켜봤다.

모두에게 미안했고 특히 가족에게 너무나 미안했다.

더 이상 회사 차를 쓸 수도 없어서 걸어서 집으로 향했다.

그리고 앞에서 허망하게 서 있는 아내와 자식들을 봤다.

집에 은행 직원들이 와 있었다.

"여보…….."

"미란다… 정말 미안하오. 여보… 흐흑……."

자신감 넘쳤던 한 남자의 무릎이 힘없이 떨어졌다.

그리고 그동안 누렸던 풍요로웠던 삶이 송두리째 사라졌다.

체이서와 아내가 서로 끌어안고 엉엉 울었고 그들은 이후로 힘겨운 시간을 보내기 시작했다.

의지할 수 있는 것은 오직 가족밖에 없었다.

영국의 많은 회사들이 고금리를 이기지 못해 도산하기 시작했다.

환율이 계속해서 상승하고 있었다.

원화 대비 8파운드였던 환율은 어느새 10파운드와 12파운드를 돌파해 15파운드에 이르렀다.

그리고 끝내 전문가들의 예상을 뛰어 넘어 16파운드에 이르렀다.

16파운드를 넘어서면서부터는 천천히 오르다가 17파운드가 되기 전에 등락을 거듭했다.

그때 공매도를 벌인 사람들이 확보해둔 외화와 현물을 다시 파운드화로 환전했다.

"이 금액으로 파운드화로 환전하겠다는 말씀입니까?"

"그렇소."

"알겠습니다. 잠시만 기다려 주십시오."

미국인 투자자가 귀에 입이 걸린 채 환전하고 있었다.

그가 무슨 일을 벌였는지 은행의 직원은 이미 짐작하고 있었지만, 그저 인상을 쓴 채로 자신이 해야 하는 일에 집중하면서 파운드화로 환전시켜 줬다.

10파운드 지폐가 100장씩 묶여 준비된 가방 안에 가득 담겼다.

몇 개의 가방을 가득 채우고 공매도에 성공한 미국인의 마음을 흡족하게 만들었다.

그는 은행에서 나와 자신에게 파운드화를 빌려준 다른 은행으로 향했다.

그 은행에서 원금과 이자를 갚고 투자자들은 막대한 원화 차익과 달러 차익, 현물 차익을 남기고 영국에서 떠났다.

조선인 투자자들도 막대한 외화를 거두고 철수했다.

장성호가 이희를 만나서 보고했다.

"우리 금융인들과 미리견의 금융인들이 파운드화를 환전하고 철수했습니다. 큰 차익을 남기고 영길리의 경제는 피폐해졌습니다."

"대출을 갚기 위해 환전된 파운드화보다 시중에 풀린 파운드화가 훨씬 더 많겠군."

"많은 수준을 넘어서서 여전히 넘치는 상황입니다. 그래서 금리를 쉽게 낮추지 못합니다. 낮추는 순간 감당할 수 없을 정도로 물가가 오릅니다. 조선과 미리견 투자자들의 완벽한 승리입니다. 그중 우리 투자자들이 막대한 수익을 올렸습니다.”

밀어 넣는 돈만큼이나 큰 차익을 얻을 수 있었다.

월가보다 10배에 이르는 자본을 동원한 종로의 투자자들이 20배에 이르는 차익을 얻고 철수했다.

그들의 수익은 곧 조선의 국력에 더해지는 일이기도 했다.

기술 탈취를 벌인 영국이 호된 꼴을 당했음에 이희는 만족하면서 커피 잔을 들었다.

한 모금 마시면서 장성호에게 물었다.

“영길리가 우리가 계획한 것이라는 것을 알겠는가?”

그리고 대답을 들었다.

“못해도 반신반의는 하게 될 겁니다. 놈들이 자신들의 잘못으로 일어난 일이라는 것을 알게 되면 이번만큼은 선택의 기로에 놓이게 될 겁니다.”

“잘못 인정과 사과에 대해서 말인가?”

“예. 폐하. 그리고 영길리 정부는 불가피한 선택을 하게 될 겁니다. 그들이 다시 살아나기 위해선 조선의 국력을 반드시 빌려야 합니다. 그렇지 않고선 그들의 생존을 보장받을 수 없습니다.”

장성호가 하는 이야기가 무엇을 뜻하는 것인지 알 수 없었다.

그러나 추가 설명을 듣고 나자 그제야 이희는 어째서 영국이 조선의 힘을 빌려야 하는지 알게 됐다.

"영길리로부터 연락이 오면 경의 말대로 그들을 응대하라."

"황명을 받들겠습니다."

장성호에게 모든 것을 위임했다.

영국은 마치 해일이 휩쓸고 간 재난 지역과 같은 모습을 보였다.

모든 사람들이 절망했고 심지어 나라를 이끌어가는 왕실과 정치가들도 희망을 잃었다.

공매도로 인해서 영국 경제가 쑥대밭이 됐다.

그 책임을 온전히 로가 지게 됐다.

그가 영국 의회로 불려갔다.

"수상 각하께 묻고 싶은 것이 있습니다. 이번에 미국의 월가와 고려의 종로에서 파운드화 공매도 투기를 벌였지요. 그 전에 어떤 조치를 준비했는지 궁금합니다."

로가 속한 보수당이 아닌 야당인 노동당의 의원이 로에게 질문을 했다.

그리고 로가 단상에 서서 정부에서 취했던 조치들을 전했다.

그 나름대로 최선을 다했다는 뜻을 밝혔다.

"공매도 투기가 예고되었던 만큼 정부에서도 나름 대비를 했소. 1차로 시중에 풀리는 파운드화를 매입할 자본을 마련했고 2차로 금리인상을 준비했소. 그리고……."

"그게 전부였습니다. 각하. 그것 외에는 대책이 없었습니까?"

"없었소… 굳이 찾는다면 강압적인 방법으로 공매도를 막는 것인데, 알다시피 그것은 실정법을 위반하는 행위고 우리 헌법을 어기는 일이기도 하오. 그리고 지금까지 일궈 온 대영제국의 정치 체제를 무너뜨리는 일이오."

"수상 각하의 판단에 동의합니다."

"그저 투기 세력이 동원한 자본 규모에 대한 판단을 잘못 내렸소."

한번의 질의응답이 끝나고 다른 의원이 질문했다.

그는 야당인 자유당 소속의 의원이었다.

"정부에서 판단한 투기 세력의 공매도 규모는 얼마였습니까?"

"최하 5천만… 1억 파운드였소……."

"실제로 시중에 풀린 파운드화는 얼마입니까?"

"100억……."

"100억 파운드를 넘겼습니다. 맞습니까?"

"맞소……."

"그중에 월가 투기 세력이 동원한 자본이 10억 파운드. 고려에서 동원한 자본이 추정으로만 최하 100억 파운드입니다. 우리의 1년 예산보다 많은 엄청난 자본이 투입된 겁니다. 그렇다면 이만한 자본이 동원된다는 것을 알았을 때, 과연 정부에선 막을 수 있었겠습니까?"

"……."

자유당 의원의 물음에 로가 쉽게 대답하지 못했다.

한참을 뜸들이다가 어렵게 입을 열었다.

"어려울 것이라 생각하오."

"어려운 게 아니라, 절대 막을 수 없습니다. 그렇지 않습니까?"

"……."

"이 문제의 원인은 이런 환경이 만들어졌다는 것에서부터 시작해야 됩니다. 그렇지 않습니까?"

질문의 의도를 로가 파악했다.

그리고 그때부터 계속 침묵하며 야당 의원의 질문공세를 받게 됐다.

기세등등해진 자유당 의원이 계속해서 자신의 생각을 밝혀나갔다.

"지금의 상황이 있기 전에 고려에선 우리 정부에게, 기술 탈취에 관한 잘못 인정과 사과를 요구했습니다. 그들의 정당한 요구를 정부에선 자존심을 지키려고 인정을 거부했고 결국 대영제국 은행에 관한 고려 정부의 제재 조치로 이어졌습니다. 그 후 원유 금수조치가 이어지고 우리 경제가 취약해진 상태에서 공매도 공격이 들어온 것이고 말입니다. 특히 고려가 100억 파운드 이상의 자본을 동원해 우릴 공격한 만큼, 이 문제의 근본적인 원인은 고려의 뒤통수를 친 우리의 행위에 있습니다."

"……."

"그래서 지금이라도 수상 각하께 말씀드립니다. 이제 그만 잘못을 시인하고 고려에 사과하십시오. 제가 볼 땐 그 길만이 영국을 살릴 수 있는 길입니다."

발언이 끝나자 보수당 쪽에서 아우성 쳤다.

"지금 뭐라고 하는 것이오?!"

"고려의 첩자요?! 어떻게 대영제국 국민으로서 그딴 망발을 지껄일 수 있소?!"

야당 의원들도 지지 않고 말했다.

"잘못을 했으면 그것을 인정하는 것이 대영제국과 국왕 폐하의 명예를 지키는 일이오!"

"맞소! 이미 정부에서 벌인 잘못이라고 온 세상에 증거가 공개된 마당에 어제까지 아니라고 시치미를 떼고 고려의 잘못 인정과 사과 요구에 대해서 침묵하기만 할 거요?! 비겁한 방법으로 놈들의 이익을 건드렸으니 이 꼴이 난 것이 아니요?!"

"고개를 숙이는 게 우리나라를 살리는 길이라면 그렇게 해야 하오!"

일순 성토의 장으로 변했다.

야당 의원들의 생각과 의견은 이내 호통이 되고 여당인 보수당 의원들과 총리인 로를 두들기기 시작했다.

결국 참다못한 로가 단상을 치면서 의회를 침묵시켰다.

성난 야당 의원들이 노려봤고 궁지에 몰린 여당 의원들은 로가 어떤 말을 할지 기다렸다.

어렵게 입을 떼면서 로가 의원들에게 말했다.

"대영제국의 미래를 구하고 싶었소… 그리고 우리의 자존심을 지키고 싶었소. 설령 실천과 결과가 부족했지만 그것만큼은 진심이오… 그러니 내게 시간을 주시오. 이 일을 반드시 수습하겠소."

노동당 의원이 크게 소리쳤다.

"사퇴하시오! 그것만이 지금까지의 오판을 책임지는 일이오!"

다시 로가 크게 소리쳤다.

"지금 사퇴한다면 차기 총리는 힘겹게 정권을 이끌어야 하오! 그러니 그 정권 또한 오래가지 못할 것이오!"

"……!"

"그러니 내가… 이 일을 벌인 내가 수습하고 물러나겠다는 것이오. 시간을 주고 기다려 주기 바라오……."

의원들에게 망가진 영국을 되살릴 수 있는 기회를 달라고 애원했다.

야당 의원들은 두고 보자는 식으로 로를 노려봤다.

로가 단상에서 물러났고 여당 의원들은 한숨을 쉬면서 앞으로 힘든 정국이 펼쳐질 것이라는 것을 예상했다.

그 후 로가 차를 타고 관저로 향했다.

관저로 향하는 동안 그가 탄 차로 계란들이 날아들었다.

어디서 계란이 날아왔는지 경호원이 수색하려고 할 때 로가 말렸다.

"그대로 두게."

"예. 각하……."

힘든 하루를 보내고 관저에서 잠 못 드는 밤을 보냈다.

그리고 다음 날 버킹엄 궁전으로 향해 조지 5세를 알현했다.

그에게 영국의 상황을 상세히 알려줬다.

"고금리 때문에 우리 기업들이 파산하고 있습니다. 국민들이 일자리를 잃어가고 있고 물가도 매우 높아진 상태입니다. 하지만 더욱 큰 문제가 있습니다⋯⋯."

"더욱 큰 문제라니⋯ 또 무엇을 말인가⋯⋯?"

"공매도로 인해서 이미 금과 외화가 바닥난 상태입니다. 이는 원유 금수조치가 풀려도 수입할 수 없다는 것을 뜻합니다. 때문에 우리 식민지에서 나지 않는 원자재를 구할 수 없습니다⋯ 이번 일로 인해서 우리 경제가 많이 망가졌습니다. 죄송합니다⋯ 폐하⋯⋯."

로를 조지 5세가 원망의 시선으로 쳐다봤다.

하지만 그런다고 해서 해결될 것이 아무 것도 없다는 것을 알았다.

굳은 표정을 하고 차를 마시면서 로에게 물었다.

"고려 놈들이 무려 100억 파운드나 되는 돈을 퍼부었다는 이야기를 들었는데 사실인가?"

"예. 폐하⋯⋯."

"그렇다면 이 일을 꾸민 게 설마 고려인가⋯⋯?"

"고려에서 계획했을 수도 있습니다. 의회에서도 그런 이야기가 나왔습니다. 노동당과 자유당에서 고려에게 잘못을 인정하고 사과해야 된다는 말을 했습니다."

"짐의 편을 들어야 할 자들이 대체 누구 편을 드는 건지⋯ 그놈들 때문에라도 절대 사과해서는 아니 될 것이네. 그리고 일단 침체된 경제를 어떻게 살릴 것인지를 이야기하게."

영국의 경제보다 사과를 하지 않는 것이 더욱 중요했다.

그런 조지 5세를 보면서 로는 나라가 어떤 상태인지 정확히 알려줘야겠다는 생각을 했다.

더 이상 영국은 무역을 할 수 없는 상황이었다.

"금과 외화가 모두 떨어졌습니다."

"무슨 말인가?"

"폐하께 말씀드리는 대로입니다. 이번에 공매도 투기 세력이 남긴 외화 차익은 전부 우리가 보유하고 있던 외화들입니다. 원화와 달러, 프랑, 심지어 금까지 모든 것을 가지고 갔습니다. 때문에 국고에 남아 있는 외화가 없습니다."

"그렇다면 수입이 불가능하다는 뜻인가?"

"다시 경제를 일으켜 세우려면 우리 산업의 생산력을 높여야 되는데 원자재 중에 우리 식민지에서 나지 않는 원자재도 있습니다. 그것은 오직 무역으로만 해결할 수 있습니다. 특히 수요가 많은 원유의 경우, 중동의 나라들에게 원화로만 값을 지불해서 수입할 수 있습니다. 고려의 제재가 풀리더라도 외화가 없기 때문에 원유를 수입할 수 없습니다."

"그러면 대체 어떻게 해야 한단 말인가?"

"외화부터 마련할 방도를 찾아야 합니다. 하지만 그것보다 먼저 해야 할 것이 있습니다."

"무엇을 말인가?"

"고려에 잘못을 인정하고 사과를 해야 합니다. 그 후에 모든 것을 시작할 수 있습니다."

"……."

로의 이야기를 듣고 조지 5세가 얼굴을 붉혔다.

영국을 살려야 한다는 간절함이 지워졌다.

"절대, 그것만큼은 해선 안 돼."

"하지만 폐하."

"여태 그것을 하지 않고 버텨왔는데, 이제와서 놈들에게 잘못을 인정하고 사과를 표해야 한단 말인가! 그럼 대체 지금까지 뭘 한 것인가? 짐은 절대 그런 짓을 용서할 수 없네!"

언성을 높이면서 로의 생각과 의견에 반대했다.

그리고 로가 한번 더 조지 5세를 설득했다.

"그렇게 하지 않고서는 대영제국을 살릴 수 없습니다……."

"……."

"외화 중에선 오직 원화만이 전 세계적으로 통용이 됩니다. 결국 우리 경제를 살리기 위해서 원화를 구해야 하고 이는 고려의 제재부터 해결해야 가능한 일입니다. 그러니 부디 이해해주십시오. 폐하께서 공표하시지 않고 제가 정부를 대표해서 사과 발표를 하겠습니다."

로의 이야기에 조지 5세가 팔짱을 꼈다.

완고한 모습을 보이면서 계속해서 조선에 대한 사과를 반대했다.

그때 로가 마지막으로 이야기했다.

"국민들이 힘겨워하고 있습니다. 폐하…….."

"……"

그 말에 조지 5세의 눈동자가 요동쳤다.

사과의 말 한마디를 하지 않아서 영국인들이 도탄에 빠졌고, 그것은 엄연히 부정할 수 없는 사실이었다.

자신의 고집으로 국민들이 피해를 입는다는 말에 마음이 흔들릴 수밖에 없었다.

조지 5세가 한숨을 쉬면서 집무실 창문 밖의 하늘을 쳐다봤다.

밖에서 시민들의 함성이 들리고 있었다.

"우리 회사의 도산을 막아 달라!"

"우리의 일자리를 지켜 달라!"

"빵 하나 제대로 사 먹지 못한다는 게 말인가?!"

"무능한 보수당 정치가들은 물러나라!"

"와아아아아~!"

분노의 함성에 이어서 한 여인의 목소리가 울려 퍼졌다.

"아이를 살리기 위해 돈을 벌어야 합니다! 부디 제 자식 좀 살려주세요! 부탁입니다! 일자리를 얻고 싶습니다!"

함성에 묻힌 소리였다. 멀리서 외치는 여인의 이야기가 궁전 안의 조지 5세에게 들릴 리 만무했다.

하지만 로의 이야기 탓에 그런 외침이 들리는 것 같았다.

한참을 고민하다가 조지 5세가 물었다.

"정말로 고려에게 사과를 해야 길이 열린단 말인가……?"

"예. 폐하……."

억울함이 들었다. 그래서 더욱 처량하게 느껴졌고 영국의 영광이 사라진 것 같은 느낌을 받았다.

눈이 빨갛게 물들었다.

"허면, 반드시… 짐의 대영제국을 다시 일으켜 세우게…! 오늘은 고개를 숙이지만 내일은 당당히 고개를 들 수 있도록 말이다! 짐의 자식이라도 고려를 내려다볼 수 있다면 속이 시원할 것이다!"

조지 5세가 당부를 전하자 로가 대답했다.

"후임 총리가 그렇게 할 것입니다. 퇴임할 때까지 최선을 다하겠습니다……."

결과가 어떻게 날 지는 몰랐다. 하지만 여태 영국이 걸어 본 적 없는 길을 걷기로 했다.

그것은 이제 더 이상 열강이 아니라는 사실을 인정하는 것이었다.

사과의 뜻을 밝히기 위해 영국의 고관이 직접 조선으로 향할 수밖에 없었다.

영국 외무부가 기술 탈취 사건에 휘말리면서 조선에 주재하고 있는 외교관은 아무도 없었다.

외무장관인 '제임스 램지 맥도널드'가 직접 공문을 들고 한양으로 와서 이희를 알현했다.

목례로 이희에게 인사하고 손에 들고 있던 공문을 궁내부 관리에게 넘겨줬다.

그리고 이희가 공문을 받아서 안에 쓰여 있는 내용을 읽었다.

읽다가 근정전에 있던 민영환에게 넘겼다.

"외부대신."

"예. 폐하."

"이곳의 모든 사람들이 제대로 들을 수 있도록 큰 소리로 읽어보라."

"예! 폐하!"

황명을 받고 민영환이 공문의 내용을 읽었다.

"대고려제국 황제 폐하께 말씀 올려 드립니다. 본문은 대영제국 정부에서 공문으로, 이번에 고려에 대한 기술 탈취 시도에 관해서 정부가 일정 부분 관여한 사실을 인정함과 더불어 고려 정부와 황실에 사과를 표합니다. 이를 통해서 다시 양국의 상한 감정이 회복되기를 원하고 예전처럼 동맹과 혈맹의 관계로 돌아가길 원합니다. 부디 대고려제국을 대표하시는 황제 폐하께서는 대승적으로 아국의 사과를 받아주시고 용서해 주시길 원합니다. 이상이옵니다. 폐하."

공문의 내용을 모두 듣고도 대신들의 표정이 좋지 않았다.

안에서 감도는 분위기를 읽은 맥도널드가 눈동자를 굴리면서 눈치를 살폈다.

한쪽에서 대신들의 수군거림이 들려왔다.

"설마 저걸 사과문이라고 가지고 온 것인가?"

"그러게 말이오."

이어 이희가 맥도널드를 노려보면서 물었다.

"짐이 묻고 싶은 것이 있다만."

"하문하십시오."

"관여를 했으면 관여를 한 것이지 일정 부분 관여했다는 이야기는 무슨 뜻인가?"

"그…그것은……."

"그리고 양국의 상한 감정이라는 표현을 써넣었는데 대체 영길리가 어디서 마음이 상했는지 짐은 알 수가 없다. 어떤 부분이 불만인지 말해 줄 수 있겠나?"

"그게……."

이희의 물음에 맥도널드가 식은땀을 흘렸다.

그를 지켜보고 있다가 이희가 다시 말했다.

"그대가 말하지 못하니 짐이 이야기하도록 하지. 우리는 분명히 기술 탈취를 당했고 우리의 첩보력으로 그것을 막았다. 그리고 지시한 무리가 분명히 영길리 정부인 것으로 증거를 통해 세상에 명백히 밝혀진 상황이다. 이를 두고 짐과 조선 백성들의 마음이 상하는 것은 당연한 일이지만 대체 어떤 부분에서 영길리 국민들의 마음이 상한 것인가? 영길리 정부와 황실을 대표하는 그대가 말해 보라. 대체 무엇이 영길리를 분노하게 만들었는가!"

이희의 노성에 맥도널드가 움찔했다. 그리고 급히 고개를 숙이면서 해명을 했다.

"저희들도 분명히 불만을 가져선 안 된다는 것을 알고 있습니다! 하지만 고려에서 우리 제국 은행에 제재를 가했고 그로 인해서 대영제국의 경제가 크게 무너졌습니다! 정부의 잘못으로 국민들이 힘겹게 됐지만 세상 어떤 나라건 보통의 국민들은 지혜가 없는 만큼 우리나라도 그러합니다! 때문에 경제가 무너진 이유가 고려 때문이라고 생각하게 되어서……!"

다시 이희가 호통을 쳤다.

"그러니 영길리 정부의 잘못이라고 자인해야 할 것이 아닌가?! 짐이 아니라 영길리 국민들에게 말이다! 아니 그러한가?!"

"……?!"

"이따위 사과를 짐은 절대 받을 수 없다! 이딴 사과를 받는다면 짐은 조선 백성들의 신뢰를 저버리는 것이고 조선인의 명예를 더럽히는 것이다! 가지고 가라!"

"폐하?!"

이희가 공문의 반송을 지시했다. 그러자 맥도널드가 심히 당황했다.

그가 조선식으로 진심 어린 사과를 전하기 위해 무릎을 꿇었다.

"죄송합니다! 공문의 문구를 고치겠습니다!"

"말 따위가 무슨 소용이 있는가?! 짐이 원하는 것은 행동이다! 돌아가서 영길리 총리에게 전하고 국왕에게 전하라! 짐이 원하는 것은 영길리 국민을 포함해서 만천하에 영길리 정부의 잘못을 널리 알리는 것이다! 직접 관여해서 기술 탈취를 벌인 사실을 영길리 국민들 앞에서 자인하라!

그리고 다시는 그따위 짓을 벌이지 않을 것이라고 공개적
으로 다짐하라! 그 후에 제재 해제에 관한 협상을 고민해
볼 것이다! 당장 돌아가서 전하라!"

어느 누구도 이희의 처결을 말리지 않았다.

그만큼 조정 대신들은 이희의 결정이 합당하다 여기고
반드시 이뤄져야 한다고 생각하고 있었다.

단결된 조선 조정의 분위기를 보면서 맥도널드는 어찌할
바 모르며 공문을 손에 쥐었다.

결국 끝내 이희에게 목례하고 정전에서 물러났다.

나가는 발걸음이 그토록 무거울 수 없었다.

며칠 걸려 영국에 돌아갔을 때 사과문이 반송된 사실을
알고 로가 크게 놀랐다.

"우리 국민들에게 여태 있었던 일을 공개하란 말이
오……?"

"예. 수상 각하."

"맙소사……."

조선 황제가 원하는 대로 했을 경우 어떤 일이 일어날지
알고 있었다.

자신의 정치 생명은 물론이거니와 보수당의 운명까지 그
대로 끝날 수 있었다.

머릿속에서 갖은 수가 돌아다니고 있었다.

무슨 수를 쓰든 그 결말은 대영제국의 파멸로 이어졌다.

강하게 반발하면 반발할수록 조선의 보복만 강해질 뿐이
었다.

선택의 여지가 없었다.

"국민들에게 모두 공개해야 한다니……."

"고려 황제가 직접 요구했습니다. 그 외에 어떤 사과도 받을 수 없다고 했습니다. 인정과 사과가 이뤄진 후에 제재 해제에 관한 협상을 고민해보겠다고 했습니다."

곧바로 해제하는 것이 아닌 협상이었다.

맥도널드의 이야기를 듣고 로가 침묵하며 고심했다.

결국 어쩔 수 없는 선택을 했다.

"대영제국을 위해서 무엇인들 못하겠소. 알겠으니 이만 나가 보시오."

"예. 수상 각하."

맥도널드가 나가고 로가 침통함을 참지 못해 책상을 주먹으로 쳤다.

"이렇게까지 해야 하다니……."

인류사에 남을 치명적인 오점이었다.

그것을 국민들 앞에서 인정해야 한다는 사실이 너무나도 치욕적이었다.

그러나 영국을 살리기 위해서 반드시 해야 했다.

따로 조지 5세에게 보고하지 않았고 다시 사과문을 작성해서 직접 손에 쥐었다.

그리고 중대발표를 예고했다.

모든 짐을 안고 떠나고자 했다.

기자들이 모인 회견장의 단상 위에 로가 섰다.

촬영기로 촬영이 이뤄지는 가운데 발표문을 들고 로가

심호흡을 했다.

그리고 영국인들에게 진실을 알리기 시작했다.

"존경하는 국민여러분. 오늘 저는 국민 여러분께 미처 말씀드리지 못한 사실을 전하고자 합니다. 그리고 어쩌면 고의로 숨기고 거짓말을 한 사실에 대해서 알리고자 합니다. 그것은……."

로가 하는 이야기를 기자들이 받아 적었다.

수첩 위로 펜을 움직였고 그러다가 상상하지 못했던 이야기를 들었다.

조선에서 기술 탈취를 지시한 사람이 총리였다.

정보부는 그 일에 깊이 관여하고 있었고 조선의 방첩에 적발되어 애꿎은 정보 요원만 사형당한 사실을 알렸다.

이미 세상에 널리 퍼진 사실이었으나 처음으로 그 사실을 인정했다.

오직 영국만이 절반 이상의 국민이 거짓말이라고 여기고 있었다.

발표를 듣고 기자들이 혼란스러워했다.

'뭐야?'

'그러면 정말로 우리 정부가 잘못했다는 이야기야?'

'맙소사…….'

정부를 믿어왔던 모든 사람들이 배신감을 느꼈다.

외부의 정보를 통해 정부를 불신하던 사람들은 역시나라는 생각을 했다.

발표문을 읽던 로의 손이 덜덜 떨렸다.

앞으로 어떤 후폭풍이 몰아닥칠지 알 수 없었다.

하지만 반드시 그것을 견디고 이겨야 한다고 생각했다.

앞으로의 조치에 대해서 이야기했다.

"이제… 고려에게 제재 조치 해제에 관해서 협상할 것입니다. 그리고 제재가 해결되면 우리 경제를 살리기 위해서 외화를 차입할 것입니다. 그 후에 저는 사퇴로 이 모든 일에 있어서 책임을 지겠습니다. 죄송합니다."

모든 발표문을 읽었다. 그리고 눈물을 뚝뚝 흘렸다.

그 모습을 기자들이 사진기에 담았다.

촬영기로 촬영되는 영상은 저녁에 뉴스에서 쓰일 예정이었다.

로가 돌아서자 기자들이 손을 들었다.

"수상 각하!"

기자들의 질문에 로는 대답하지 않았다.

대변인이 나서서 대신 질문을 받았고 대답을 했다.

기자회견이 이뤄졌던 낮에 호외가 뿌려졌고 그것을 사람들이 읽기 시작했다.

영국의 국민들이 큰 충격을 받았다.

"고려의 기술을 탈취한 게 사실이라고?!"

"그것 때문에 우리 정보부 요원이 죽고 레드우드사 임직원들이 징역을 받았어. 그런데 이렇게 되면 우리 입장은 대체 어떻게 되는 거야……?"

"어떻게 되긴, 죄다 우리 잘못이지! 덕분에 제재를 맞고 공매도까지 벌어지면서 경제가 이지경이 된 거잖아! 총리와 보수당 패거리를 절대 가만두지 않을 거야!"

"망할 자식들!"

속이 부글부글 끓었다. 여태 속아왔다는 생각에 당장 총리 관저로 달려가서 불 지르고 싶다는 생각이 일었다.

하지만 미리 군이 동원되었기에 함부로 달려들었다간 죽을 수도 있다는 생각이 들었다.

런던 시내 곳곳을 화기로 무장한 영국군이 지키고 있었다.

로가 사퇴를 하겠다는 말이 있었기에 모든 것이 수습되고 그대로 행해지 지켜보고자 했다.

선거 때 반드시 심판하겠다는 각오를 세웠다.

* * *

영국 정부의 중대 발표가 온 세상에 전해졌다.

바다 건너 프랑스에도 소식이 전해졌다.

"결국 영국이 인정하게 되는군."

대통령인 밀랑의 이야기에 총리인 레이그가 말했다.

"영국에서 외화가 바닥났습니다. 무역을 위해서 원화가 반드시 필요한데 고려의 제재 해제 조치가 반드시 필요합니다. 아마도 어쩔 수 없이 인정했을 겁니다."

"덕분에 해적 놈들의 치부만 들춰졌군."

"영국 역사에 있어서 최대 굴욕일 겁니다."

프랑스에 이어 독일과 이탈리아, 스페인까지 소식이 전

해졌다.

　그들 나라들은 영국이 조선에 굴복한 것이라고 여겼다.

　정부의 발표 사실이 조지 5세에게 전해졌다.

　그는 로에게 크게 분노할 수밖에 없었다.

　"어떻게 감히! 짐에게 알리지 않고 멋대로 발표를 한단 말인가?!"

　굴욕과 치욕, 그 어떤 말로도 무너지는 자존심을 표현한 길이 없었다.

　울분이 조지 5세의 눈동자에 새겨져 있었다.

　그는 국민들에게 치부를 인정하는 것을 원하지 않았다.

　오직 조선에 사과하는 것으로 끝나기를 원했다.

　그러나 그 이상의 사과와 공개가 이뤄지자 로에게 깊은 배신감을 느낄 수밖에 없었다.

　로가 조지 5세에게 어쩔 수 없었음을 알려줬다.

　"고려에서 요구한 것이 우리 국민들에 대한 잘못 인정과 공개입니다."

　"뭣이?!"

　"고려에 사과를 전했지만 거부당했습니다. 고려 황제는 우리 국민들에 대한 공개와 인정이 있어야 한다고 요구했습니다. 그 후에 제재 해제에 관한 협상이 있을 것이라고 말했습니다. 그렇게 하지 않고 폐하의 나라를 살릴 수 있는 방법이 없습니다. 저희가 무능하다 말씀하셔도 이것이 저희들의 한계입니다."

　"……"

"죄송합니다. 폐하……."

로의 이야기를 듣고 조지 5세는 할 수 있는 말이 없었다.

그 어떤 거짓말도 섞이지 않은 진실이었기에 조지 5세는 눈을 감으면서 눈물을 흘릴 수밖에 없었다.

어쩔 수 없는 일이었다.

"여기까지 생각해본 적은 단 한번도 없었는데……."

"제가 모든 것을 안겠습니다. 국민들이 폐하를 원망하는 일이 없도록 하겠습니다. 그러니 걱정하지 마십시오. 폐하."

"짐을 걱정하는 것이 아니라, 경이 짐을 대신해서 희생당하는 것 자체가 비극인 것이다. 이 모든 것이 짐에게는 있어서는 안 되는 일이다……."

"죄송합니다. 폐하……."

모든 것이 슬펐다. 그런 조지 5세에게 로는 모든 것이 죄송했다.

돌아선 영국 국왕이 어깨를 들썩이면서 흐느끼며 울었다.

그리고 울음을 멈춘 뒤 감정을 추슬렀다.

"그저… 이 나라가 다시 영광을 품을 수 있도록 초석을 다져달라……."

"예. 폐하……."

수렁이 가장 깊은 시대를 지나려고 했다.

그리고 다시 일어나 유니온기를 당당하게 휘날리고자 했다.

영국 정부가 자국 국민들에게 잘못을 인정한 사실이 이희에게 전해졌다.

사과의 최소 요건이 충족됐다.

"영길리 정부가 자국민들에게 잘못 인정을 했습니다. 그리고 금일 아침에 새로이 작성한 사과 공문을 보냈습니다. 여기 공문이 있습니다. 폐하."

조선말로 번역된 공문을 받아 이희가 읽었다.

그리고 그 내용에 만족스러웠는지 고개를 끄덕였다. 공문을 접고 장성호에게 물었다.

"드디어 제대로 사과했군. 그러면 이제 제재 해제를 위해서 영길리에게 무엇을 요구할 것인가?"

장성호 대신 민영환이 대답했다.

"식민지를 요구할 것입니다."

"영길리의 모든 식민지를 말인가?"

"모든 것을 내놓으라고 한다면 영길리 스스로가 협상을 깨버릴 겁니다. 어디까지나 그들이 받아들일 수 있는 최고의 조건을 걸 것입니다."

"그러면 어떤 식민지를 요구할 것인가?"

"인도에서부터 동쪽 편 전부입니다. 청조 시절부터 가져간 향향을 포함해 말레이시아까지 요구할 것입니다. 약간의 조정이 있을 수 있지만 크게 다르지는 않을 것입니다."

장성호가 설명을 더했다.

"지금 상황에서 영길리가 국난에서 벗어나기 위해선 그만한 수준의 희생을 치러야 합니다. 대신 수에즈를 포함한 아프리카에 대한 권익을 지킬 테니 그 정도 선에서 만족해야 할 것입니다. 식민지를 할양받게 되면 민족에 따라 독립이 이뤄지고 향향은 중화민국에 돌아갈 것입니다."

"거저 주는 독립이 되어선 안 될 것이다."

"우리가 독립에 도움을 주는 만큼 마땅히 이익을 요구할 것입니다. 조선에서 나지 않는 원자재를 이를 통해서 쉽게 구할 수 있을 것입니다."

열대 지역에 나는 여러 자원들이 있었다.

그리고 같은 석탄이라도 조선에서 구하기가 힘든 석탄이 있었다.

일본으로부터 할양받은 구주에 유연탄이 채광되고 있었지만 '오스트레일리아'라고 불리는 섬에서 나오는 역청탄은 세계에서도 보기 힘든 질 좋은 유연탄이었다.

그것을 영국과의 협상을 통해 확보하고자 했다.

영국의 사과 공문을 받고 조선에서도 영국 정부로 공문이 전해졌다.

협상의 전권을 안은 맥도널드가 다시 한양에 도착했다.

그리고 민영환을 상대하면서 제재 해제를 위한 협상을 치르기 시작했다.

민영환이 영국의 식민지를 맥도널드에게 요구했다.

"인도에서부터 동쪽의 모든 식민지를 넘기시오. 그렇게 해야 제재를 해제할 것이오."

조선 외부대신의 요구에 맥도널드가 혼이 나간 모습을 보였다.

마치 귀로 들은 것을 의심하면서 되물었다.

"이…인도에서부터 동쪽의 식민지들을 말이오."

"그렇소."

"그걸 조건이라고 요구하는 것이오? 우리의 모든 걸 빼앗겠다는……!"

"모든 것은 아니요."

"뭐요?"

"영길리가 중요하게 생각하는 수에즈와 아프리카 식민지를 요구하지 않았으니까. 대신 우리는 우리 턱 밑에 있는 가시를 빼겠다는 것이오. 우리의 기술을 탈취하려 했고 그동안 그렇게 수없이 뒤통수 쳐왔는데 그 정도 대가는 치러야 하지 않겠소? 그리고 애초에 영길리 영토도 아니었고 말이오. 지난 세계대전에서 식민지 군대를 참전시키면서 독립을 약속했는데 이제 그만 그 약속을 지키시오. 때가 되었소."

민영환의 강한 요구에 맥도널드가 당황했다.

그리고 멍하니 있다가 이를 악 물며 대답했다.

"그런 조건을 들어줄 것이라고 보오?"

반발하자 무심한 표정으로 민영환이 다시 말했다.

"그러면 협상을 끝내겠소. 잘 가시오."

자리에서 일어나서 돌아서자 맥도널드가 크게 당황했다.

그리고 일어서서 가려는 민영환을 붙잡았다.

"잠깐!"

"……?"

"어떻게 그리 쉽게 협상을 결렬시킨단 말이오?! 우리 이야기를 들어 보시오!"

아무래도 협상이 결렬되는 것을 더 두려워하는 듯했다.

그 모습을 보고 민영환이 속으로 피식 하면서 웃었다.

그리고 통쾌함을 느끼면서 다시 자리에 앉았다.

맥도널드가 절충을 제안하려고 했다.

"홍콩, 그리고 말레이시아를 주겠소."

민영환이 고개를 가로 저었다.

"인도부터 동쪽의 모든 식민지요."

"그럴 수는 없소…! 그러면 뉴질랜드는 어떻소……?"

"인도를 포함해 거기서부터 동쪽의 모든 식민지요. 그 외에는 어떤 요구도 받아들일 수 없소."

일절 없는 양보에 속이 터진 맥도널드가 언성을 높였다.

"정말 그러기요? 그렇게 해서 협상이 된다고 생각하시오?! 협상이 결렬되면 고려가 얻는 것 또한 하나도 없소!"

"원래 우리 것이 아닌데 없어도 그만이오."

"뭐요?"

"그 식민지를 받아서 우리는 독립시킬 것이고 홍콩은 중화민국에 돌려줄 것이오. 그중에 우리가 취할 것이 하나도 없는데 대체 뭐가 아쉬워서 안달하며 가져가려고 하겠소? 우리가 원하는 것은 영길리가 제대로 책임지는 것이오. 잘못을 저지른 만큼 식민지를 잃는 것을 세상에 보여줄 것이오. 그래야 불란서 같은 나라들도 우리 기술을 불법적으로 탈취하지 않으려 할 테니까 말이오."

민영환의 말과 태도는 여전히 단호했다.

"처음이기에 두번째가 없기 위해서 조치를 취하고 제안하는 것이오. 싫다면 협상을 이대로 끝내고 돌아가시오. 우리는 계속해서 대영제국 은행을 상대로 제재하면 그만이니까. 하지만 영길리의 경제를 다시 돌려놓고 싶다면 우리가 내놓은 제안을 반드시 받아들여야 할 것이오. 우리는 영길리 정부의 어떤 대답에 대해서도 대응할 수 있는 힘을 가지고 있소. 설령 전쟁까지도 말이오."

"크윽……!"

"그러니 이제 양자택일 하시오."

여유를 가지고 맥도널드를 농락했다.

맥도널드는 선택의 여지가 없어서 민영환이 내건 조건을 받아들일 수밖에 없는 상황이었다.

거부하면 제재는 풀리지 않을게 뻔했고, 반발해서 전쟁으로 판을 뒤집으려 한다면 도리어 막강한 조선의 군사력을 전면에서 받아들이고 영국이 완전히 망할 수도 있었다.

결국 단 하나의 선택만을 취할 수밖에 없었다.

"인도를 포함해서… 동쪽의 모든 식민지를 할양하겠소……."

굴복한 맥도널드의 대답을 듣고 민영환이 환하게 웃었다.

"좋소. 조인식이 이뤄지는 즉시 대영제국 은행에 대한 제재 조치가 이행될 거요."

"우리 경제를 살릴 수 있는 원화를 지원해줄 것이오?"

"지원이라기보다는 맞교환이 어떻소?"

"맞교환?"

"영길리에 파운드화가 넘쳐나니 15파운드에 1원으로 해서 75억 파운드와 5억 원을 바꾸는 것이오. 그렇게 하면 영길리는 외화도 확보하고 물가도 잡을 수 있지 않겠소? 어떻게 생각하오?"

민영환의 이야기를 듣고 맥도널드의 귀가 솔깃했다.

"그렇게 하겠소."

"그렇다면 이 모든 것을 조약문의 조항에 넣겠소. 그리고 조약문에 명시된 조약 발효일로부터 5년 이내에 해당 식민지를 할양하기 위한 모든 조치를 끝내시오. 5년 후에 모든 권리를 받겠소."

"알겠소……."

경제를 되돌릴 수 있는 길을 찾았다.

대신 인도와 말레이시아, 오스트레일리아, 뉴질랜드를 비롯한 경도 60도 동쪽의 모든 식민지를 잃었다.

그런 결과를 피하지 못한 맥도널드가 눈을 감았다.

하루 동안 조약문이 작성되고 다음 날 외부 관아에서 조인식이 치러졌다.

경도 60도 동쪽의 영국의 모든 식민지 권리가 사라졌다.

"이것으로 다시 양국의 우의를 도모할 수 있길 바라오."

손을 내미는 민영환의 얼굴이 무척이나 밝았다.

하지만 그의 손을 잡는 맥도널드의 가슴은 찢어지는 듯

했다.

그렇게 조인식을 마치고 맥도널드가 돌아갔다.

신문에 두 사람의 모습이 사진 기사로 실렸고 신문을 산 영국인들이 크게 충격을 받았다.

그리고 그 자리에서 신문을 찢었다.

"어떻게 이럴 수가 있어!"

"동방의 우리 식민지들이 고려에게 전부 넘어가다니!"

"신이시여! 이렇게 대영제국을 버리십니까! 아아!"

눈물을 흘리는 사람과 바닥에 주저앉은 사람, 담담한 모습으로 현실을 받아들이는 사람, 누구에게 책임을 지울까 궁리하는 사람 등 갖은 모습들을 보였다.

그들 모두는 하나같이 대영제국의 자존심이 꺾여 나갔다는 사실에 크게 슬퍼했다.

* * *

미국에도 신문 발행이 되면서 대영제국이 무너졌다는 소식이 전면 기사 제목으로 정해졌다.

성한이 집에서 뉴월드타임스 신문을 들었다. 곁으로 지연이 와서 물었다.

"식민지가 조선에게 할양됐다고? 진짜야?"

"그래. 진짜야."

"와, 정말로 살다가 우리가 이런 일까지 보게 되네."

"그러니까."

"이러고도 영국 정치가들과 왕이 살아남을까?"

지연이 영국의 지도층을 걱정했다. 성한이 생각하다가 말했다.

"어쩔 수 없는 상황이었어. 이렇게 하지 않고선 영국은 다시 살아날 수 없는 상황이었으니까. 이 일을 두고 분풀이로 책임을 묻는다면 어리석음을 증명하는 일이고, 와신상담 한다면 영국인들은 현명한 사람들이야. 그리고 내가 볼 땐 그렇게 될 확률이 매우 높아."

신문을 접으면서 성한이 말했다.

"대영제국의 시대가 지나갔어. 이제 새로운 세상이 펼쳐질 거야."

미국에도 영국의 일이 전해지고 세상의 모든 사람들이 경악했다.

만국은 조선이 영국의 식민지를 할양받으면서 세상이 앞으로 어떻게 펼쳐질지에 대해서 분석하기 시작했다.

또한 조선이 전례를 따라 식민지의 독립을 허락할지에 대해서 관심을 보였다.

인도에 조선으로 할양되는 사실이 전해졌다.

"이야기 들었어?"

"무슨 이야기?"

"영국이 고려에 우리 땅을 할양한데."

"뭐? 진짜?"

"그래! 우리뿐만이 아니라 동쪽의 식민지들까지 함께 말이야! 고려라면 우릴 독립시켜줄지도 몰라!"

민족자결주의를 내세우는 조선의 도움을 받아 독립할 것이라는 희망을 가졌다.

그리고 그 희망의 끝자락을 움켜쥐는 듯했다.

대영제국 인도총독부에서 조치가 내려졌다.

"정치범들을 모두 석방하라……."

"예. 총독 각하."

인도 총독이 석방 명령을 내렸고 그것을 통해 감옥과 수용소에 가둬져 있던 정치범들이 석방됐다.

그리고 그때부터 인도가 조선에 할양된다는 것을 사람들이 실감했다.

할양 사실이 없다면 그들이 석방될 일은 전혀 없었다.

비폭력투쟁을 벌이면서 시위를 벌이다가 영국군의 발포로 수백명이 희생당하던 끝에 체포 된 독립투쟁 지도자가 있었다.

그의 이름은 '모한다스 카람찬드 간디'였다.

그는 석방 명령을 받아 투옥 직전의 입었던 옷을 다시 입고 다른 정치범들과 함께 교도소에서 빠져나왔다.

그를 먼저 투옥됐다가 복역을 마쳤던 동지가 기다렸다.

간디보다 20살이나 젊었지만 그 패기와 지도력은 간디에 못지않은 사람이었다.

'자와할랄 네루'가 석방된 간디를 반겼다.

"간디 선생님."

"네루 의장."

"이렇게 석방되셔서 다시 뵙게 되어서 다행입니다. 참으로 기쁩니다."

"나도 정말 기쁘오. 감옥 안에서 평생 못 나올 줄 알았는
데, 이렇게 석방되다니 꿈만 같소. 그나저나 대체 무슨 일
이 일어난 거요? 무슨 일이 있었기에 총독이 나와 동지들
을……."

"고려에 할양된다고 합니다."

"뭐라고 말이오?"

"영국과 고려 사이에서 경제 전쟁이 있었습니다. 그리고
영국이 완전히 패했고 말입니다. 망하기 직전에 고려에게
살려달라고 요청해서 우리 땅이 고려로 할양되기로 정해
졌습니다. 5년 후에 유니온기가 총독부에서 내려집니다."

"세상에."

"고려는 영국과 다른 나라입니다. 할양되면 아마도 독립
될 겁니다. 우리의 꿈이 이뤄졌습니다. 선생님."

"아아… 이런 일이… 이런 일이…! 흐흑……!"

네루의 이야기를 듣고 간디가 눈물을 글썽였다.

그리고 서로 얼싸안으면서 인도의 독립을 미리 기뻐했
다.

소식을 들은 동지들이 뒤늦게 알면서 기뻐했고 두 사람
을 무등 태우면서 앞으로 있을 희망찬 내일을 꿈꿨다.

그때까지만 해도 인도가 순탄히 독립 될 것이라고 생각
했다. 세상의 반응들이 조선에 전해졌다.

그리고 이희가 장성호와 민영환을 만났다.

독립을 통해서 얻는 조선의 국익과 명예를 생각하면서

이희가 기뻐했다.

"영길리의 식민지들을 독립시키고 그들로부터 우리의 국익을 구할 수 있겠군."

"예. 폐하."

"광상 개발과 항구 이용 등을 포함하겠군."

"그것도 포함되지만 좀 더 많은 것을 얻고자 합니다."

"어떤 것을 말인가?"

민영환의 이야기에 이희가 되물었다. 그러자 민영환이 장성호를 슬쩍 쳐다봤다.

기뻐하기보단 진지한 표정으로 장성호가 말했다.

"인도를 그들이 원하는 정치 체제로 독립시키지 않을 것입니다."

"무슨 뜻인가?"

"인도인들이 원하는 정치 체제는 그야말로 반인륜적인 요소들이 저변에 깔려 있습니다. 신분 차별과 종교적인 충돌을 포함한 그 모든 것을 말입니다. 그런 것들을 두시고 쉽게 독립을 허락하신다면 인도는 세상에서 가장 불행한 나라 중 한 나라가 될 것입니다."

"강제로 정해야 할 것은 정해야 하는 것인가?"

"할 수 있을 때 하셔야 됩니다. 폐하."

누가 봐도 불의한 일들이 있었다. 그리고 그것에 대해서는 강제성이 있어야 했다.

장성호가 '카스트'라 불리는 인도의 신분 제도를 알려줬고 이희는 그것을 들으면서 그 제도가 가진 인륜의 문제점들을 확인했다. 그리고 조선의 지난날을 확인했다.

그 제도 속에 있을 땐 그것이 불의한 것인 줄 몰랐는데, 거기서 벗어나고 나서야 신분제가 잘못되어 있다는 것을 알았다.

정당한 노력으로 대가를 취하는 것이 정의였고 신분제에서는 그런 것이 원칙적으로 막혀 있었다.

그 길을 뚫어주고자 했다.

"경들의 말대로 영길리 식민지 독립에 조건을 전제하라."

"황명을 받들겠습니다. 폐하."

두 사람의 생각과 의견을 이희가 따랐다.

이어 장성호가 문서 한 장을 꺼냈고 그것을 이희가 받으면서 천천히 읽어 내렸다.

문서를 읽을 때 장성호가 설명했다.

"광상 지분과 항구 이용, 시장 이용 권리에 관해서는 말씀드렸지만 그것에 관해서는 말씀드리지 않은 것 같습니다. 새로운 비단길입니다."

설명을 듣고 이희가 눈을 키웠다.

그가 보는 문서 안에 조선에서 시작된 선이 중화민국과 초나라와 티베트를 거쳐서 인도로 향하고 있었다.

그리고 페르시아와 이라크, 칼리프제가 폐지된 오스만 터키 공화국으로 향하고 있었다. 문서 위에 쓰여 있는 글을 떨리는 목소리로 이희가 읽었다.

"고속화 도로… 고속화 철도……."

장성호가 미소를 지으면서 말했다.

"다시 육로의 시대가 올 겁니다. 그 시작점과 종점은 오직 대조선제국에 위치할 겁니다. 세상이 경험하지 못한 새로운 교통 체계가 들어설 겁니다."

세계를 하나로 묶는 원대한 꿈을 이루려고 했다.

그 중심에 조선이 위치하고 있었다.

조선을 통하지 않고선 아무 것도 이룰 수 없었다.

불합리한 세상을 뜯어 고치다

"이제는 더 이상 침묵할 필요가 없소! 그리고 싸워야 할 필요도 없소! 그저 우리의 독립을 기뻐하시오!"

"독립 만세!"

"와아아아~!"

거리에 사람들이 모여서 함성을 질렀다.

새롭게 인도를 상징하는 '티랑가'기가 휘날렸다.

거리를 메우면서 기뻐서 외치는 시위대를 영국군의 어떤 장병들도 진압하지 않았다.

그저 가만히 서서 행진하는 시위대를 지켜봤다.

연일 축제였고 영국의 지배에서 벗어나는 순간을 학수고

대했다.

5년이라는 시간이 빨리 지나기를 기대했다.

인도 독립을 추진하는 위원회가 성립되고 네루가 수장을 맡았다.

정신적 지주인 간디는 부의장을 맡아 혹여 있을지 모를 의견 충돌을 조율하려고 했다.

그런 때에 위원회로 소식이 날아들었다.

"고려에서 협의를 위해 사람을 보내겠다고 합니다."

"누굴 말입니까?"

"고려 특무장관이라고 들었습니다."

"고려 특무장관?!"

"인도 독립 준비에 관해서 논의하겠다고 합니다."

임시 비서로부터 보고를 듣고 네루가 들었다.

곁에 있던 간디에게 환하게 웃으면서 네루가 말했다.

"선생님!"

"네루 의장!"

"고려가 우리의 독립을 인정해줄 것 같습니다!"

"그런 것 같소."

희소식이 끊이질 않았다.

인도 독립에 대해 논의하겠다는 예고를 듣고 간디와 네루는 이미 인도가 독립한 것이나 마찬가지라고 생각했다.

며칠 뒤 조선에서 이륙한 특별기가 인도 뉴델리 비행장에 도착해 바퀴를 내렸다.

그곳에서 조선의 특무대신인 장성호가 내렸고 인도 총독

이 나가서 그를 맞이했다.

총독의 이름은 '루퍼스 이삭스'였다.

총독부 귀빈실에서 두 사람이 잠깐의 시간을 가졌다.

차를 마시면서 이삭스가 물었다.

"인도 독립 추진위원장을 만나겠다는 말이오?"

"그렇습니다."

"결국 고려는 인도를 독립시킬 작정인 것이오?"

"예. 혹시 그 일이 총독 각하께 불편함을 주는 일입니까?"

"그럴 리가 있겠소. 어차피 고려에 할양될 땅인데 5년 후에 무슨 일이 벌어질지는 나와 우리 정부가 알 바 아니오. 다만 아직은 이곳을 통치하는 총독으로서 인도 식민이 흥분해서 폭동을 일으키는 것만 막을 뿐이오. 그런 분위기가 되지 않도록 경계하고 있소. 그러니 주의해주시오. 부탁하오."

"알겠습니다. 각하."

이삭스가 장성호에게 행여 봉기가 일어나지 않도록 조심해달라는 부탁을 했다.

장성호는 그렇게 할 것이라고 대답했다.

총독과 만남을 이루고 곧바로 수행원들을 이끌고 인도 독립 추진 위원회로 향했다.

뉴델리의 수많은 건물들 중에 큰 티랑가가 걸린 건물이 있는데 그곳은 추진 위원회의 건물이었다.

앞에 차가 한 대 서면서 장성호가 내리자 그를 본 인도 치안대 대원이 놀라서 급히 안으로 들어가 보고를 올렸다.

그러자 안에서 장성호가 기억하는 두 사람이 나와 모습을 드러냈다.

한 사람은 네루였고 또 한 사람은 간디였다.

그들과 위원회의 위원들이 장성호를 반겼다.

"어서 오십시오. 기다리고 있었습니다. 먼 길을 오는 동안 힘들지는 않았습니까?"

"여객기를 타고 와서 그렇게 많이 힘들지는 않았습니다."

"안으로 모시겠습니다. 고려 특무장관을 뵙게 되어 영광입니다."

"저야말로 영광입니다."

서로가 만남에 대해 미소를 띠고 기뻐했다.

네루는 간디와 함께 애써 찾아온 장성호를 극진히 예우하면서 안으로 직접 안내했다.

안에 그리 비싸지 않은 융단이 깔려 있었고 그 위로 장성호가 네루와 간디를 따라서 응접실로 향했다.

영국에서 만든 탁자와 가구들이 보기 좋게 배치되어 있었다.

장성호는 소파 위에 앉아서 위원회 직원이 내어주는 차를 받고 고맙다는 이야기를 전했다.

분위기가 화기애애했다.

네루가 인도인들을 대표해서 장성호에게 고마움을 나타냈다. 그의 진심이 잔뜩 묻어 있었다.

"그동안 영국의 통치에서 벗어나기 위해서 갖은 방법들을 썼습니다. 무력투쟁을 벌인 적도 있고 비폭력투쟁을 벌이기도 했습니다. 그러면서 선조들과 동지들이 많이 죽고 다쳤습니다. 그런 고난의 시간을 보내고 드디어 영국의 통치에서 벗어납니다. 그것도 고려의 도움을 받아서 말입니다. 우릴 구해줘서 정말 고맙습니다."

네루가 고개를 숙이며 감사의 뜻을 전했다.

인도인의 방식이 아닌 조선인의 예법이었다.

그런 예법으로 감사의 뜻을 전함에 장성호는 얼마나 많은 존대와 경의가 담겨 있는지 느꼈다.

그리고 네루와 간디가 독립을 확신한다고 생각했다.

그들의 믿음을 바꿔야 했다.

장성호가 차분히 찻잔을 내리고 입을 열었다.

"인도가 독립한다면 참으로 경사스런 일일 것 같습니다. 수많은 인도인들이 해방을 맛보고 자유를 누릴 테니 말입니다."

"모든 것이 고려의 도움으로 이뤄지는 일입니다."

다시 감사를 전하는 두 사람에게 장성호가 미소를 드러냈다가 이내 지웠다.

"우리는 인도의 독립을 약속한 적이 없습니다."

갑자기 싸늘한 공기가 응접실 안을 가득 채웠다.

환하게 웃고 있던 네루와 간디의 미소가 어색해졌다.

금방 들은 말이 의심됐다.

네루가 애써 웃으면서 장성호에게 물었다.

"고려에서 우리의 독립을 인정해주기로……."

"그것을 약속한 적이 없습니다."

"……."

"지금까지 공개된 사실은 오직 경도 60도 선에서 동쪽의 모든 영국 식민지를 할양받는 것입니다. 거기서 가감된 이야기나 사실은 하나도 없습니다. 인도 독립에 관한 것도 조선에서 논의된 적이 없습니다."

역관의 통역에 네루와 간디의 표정이 급속도로 굳었다.

그동안 인도가 독립할 것이라고 믿어왔다.

그런데 그 믿음이 깨지고 무너지는 것을 느꼈다.

안경을 고쳐 쓰면서 간디가 말했다.

"분명히… 고려에서는 그런 약속을 한 적이 없는 것을 인정합니다. 하지만 여태 할양받았던 식민지를 독립시킨 전례가 있고 우리 또한 그렇게 될 것이라 믿었습니다. 만약 우리가 독립을 얻지 못한다면 고려는 그런 전례를 깨는 것이고 민족자결이라는 원칙 또한 스스로 해치는 길이 될 겁니다. 그런 불명예스런 일을 벌일 수 있다는 이야기입니까?"

독립을 부정할 것인지에 대해서 간디가 직설적으로 물었다.

그의 물음에 장성호가 피식 하면서 미소 지었다.

그 미소의 의미를 두 사람은 전혀 알 수 없었다.

부정한다는 대답 외에 다른 대답을 장성호가 택했다.

"식민지에서 해방된 나라들에겐 나름의 자격이 있습니

다."

"어떤 자격을 말입니까?"

"우리의 국익을 해치지 않는 것. 인류 보편적인 가치를 따르는 것. 이 두가지가 반드시 충족되어야 합니다. 그렇다면 인도는 이 두가지를 충족시킬 수 있는 나라이겠습니까?"

장성호의 물음에 네루와 간디가 서로를 쳐다봤다.

그리고 네루가 고개를 끄덕이면서 대답했다.

"물론입니다."

대답을 듣고 장성호가 고개를 가로저었다.

"제가 원하는 것은 의장님의 대답이 아닙니다."

"그러면 누구의 대답입니까?"

"모든 인도인들의 대답입니다. 인도인들은 과연 우리 국익을 존중하고 인류 보편적인 가치를 지키려 하겠습니까? 제가 볼 때는 아직 아닙니다."

장성호의 이야기를 듣고 간디가 발끈했다.

"고려 특무 장관이 무슨 생각으로 그렇게 말하는 것인지 모르겠지만 우리는 고려의 국익을 지켜줄 것이고, 인류 보편적인 가치 또한 따를 것입니다. 그래서 자유의 소중함을……."

간디의 이야기를 듣고 장성호가 말을 끊으면서 말했다.

"파리아에 대한 차별을 금지해야 합니다. 카스트 제도 폐지는 물론이거니와 편견과 일반화로 얼룩진 신분과 성 차별을 금지하고 처벌할 수 있어야 합니다. 그것을 정녕 따를 수 있겠습니까?"

"……."

장성호의 물음에 간디가 하던 말을 중단했다.

파리아는 인도인들이 관념적으로 생각하는 최하층민으로 '불가촉천민'이었다.

인도인들이 주로 믿는 힌두교에서 악의 화신으로 여겨지는 사람들이었다.

카스트라 불리는 과거 조선의 반상의 구분과 같은 신분제도가 있는데, 파리아는 그 안에조차 들어가지 않는 사람들이었다.

그들에 대한 차별을 금해야 된다고 말하자 간디는 고심하다가 조선이 관여할 문제가 아니라고 말했다.

장성호와 이야기가 통하리라고 생각했다.

"신분제는 인도 고유의 문화입니다. 이를 두고 독립의 조건으로 삼는 것은……."

다시 장성호가 말을 끊었다.

"고유의 문화가 아니라 잘못된 것입니다. 만약 독립한 인도가 파리아와 특정 집단에 대한 차별을 지속한다면, 인도 스스로 큰 가능성을 버리는 것과 같습니다. 아국에선 아국의 국익을 위해 우방국을 반드시 성장시킬 것이기에 그 반대를 지향한다면 외교 관계를 결코 맺지 않을 겁니다."

강경한 모습에 간디가 당황했다. 그리고 네루는 가능성이라는 단어에 관심을 보였다.

그가 어떤 가능성인지 알고자 했다.

"가능성이라면 어떤 가능성입니까?"

네루의 물음에 장성호가 대답했다.

"노력해서 성과를 달성하면 무엇이든지 될 수 있는 것을 말입니다. 부모가 파리아라 하더라도 노력해서 성공을 하고 나라에 이바지 할 수 있는 길을 여는 것입니다. 인도가 독립하고자 한다면 그런 나라가 되어야 합니다."

그 말에 간디가 반박했다.

"부모가 파리아인데 어떻게 노력해서 성공할 수 있다고 생각합니까? 파리아는 파리아일 뿐입니다. 마땅히 차별을 받아야 하고 그만한 이유가 있습니다. 그들은 더러운 일을 하는 사람들입니다."

간디가 말하는 더러운 일은 동물의 가죽을 벗기고 시체를 다루는 일 등을 말하는 것이었다.

그 말에 장성호가 물었다.

"묻겠습니다. 파리아를 인도 국민으로 여기지 않는다고 가정했을 때 그들을 당연히 추방시켜야 하고, 그들이 없다면 누구에게 그 일을 맡길 겁니까?"

"그것은……."

"그토록 혐오하고 경멸하는 그들이 없다면 인도는 그야말로 비참한 나라가 될 겁니다. 장례 하나 제대로 못 치르는 나라로 말입니다. 그런 나라가 되길 원하는 겁니까?"

"……."

간디의 침묵에 계속해서 장성호가 말했다.

"조선에서도 파리아와 같은 신분을 가진 사람들이 있었습니다. 노비라 불리는 사람들이었고 천민이라 불렸던 사람들입니다. 그들은 파리아와 마찬가지로 짐승의 가죽을 벗기고, 심지어 사형수를 칼로 목을 베는 직업도 가지기도 했습니다. 하지만 지금은 그들의 자녀가 무엇이든지 될 수 있습니다. 공부를 해서 법관이 될 수도 있고, 군인이 되어 나라를 위기에서 구한 적도 있습니다."

"하지만……."

"물론 지금도 천민 출신에 대해 편견과 안 좋은 시각을 가지고 있는 사람들이 있지만, 적어도 천민이었던 사람들과 그 자녀들이 무엇을 하든지 절대 막지 않습니다. 만약 그들의 도전을 강제로 막는 일이 발생한다면 강한 처벌로 그것을 못하게끔 막고 있습니다. 그런 가능성을 지우는 것이 정녕 정당한 일이라고 생각합니까? 우리와 함께 하는 나라가 그와 같은 일을 벌이는 것은 절대 용납할 수 없습니다."

강하게 전하는 이야기에 간디가 반박하지 못했다.

서양 열강이라면 그들의 불합리한 부분을 지적하면서 반박할 수 있었지만 조선은 유럽 제국들과 많이 다른 나라였다.

두 사람의 침묵을 지켜보면서 장성호가 회심의 일격을 가했다.

"카스트 제도와 파리아에 대한 차별을 영국이 만든 것임을 알고 있습니까?"

"그게 무슨 말입니까?"

네루와 간디가 함께 물었다.

그리고 장성호가 인도인들이 잘 모르는 이야기를 차분히 전했다.

그들이 생각하는 편견은 인간의 특별한 목적을 위해서 만들어진 편견이었다.

"본래 카스트는 동종 직이나 비슷한 직종을 가진 사람들이 대를 이으면서 효율을 높이기 위해 만들어진 결혼 문화입니다. 당연히 자녀가 다른 것을 꿈꾼다면 자유롭게 다른 직책을 가질 수 있고 말입니다. 그런데 이것을 영국이 보고 인도를 분열시키기 위해서 힌두교까지 끌어들였습니다. 직종에 따라 신분이 있다고 말입니다. 그 결과 어떻게 되었습니까? 학자와 승려인 브라만, 군인과 경찰관인 크샤트리아, 상인과 기술자인 바이샤, 농민과 노동자인 수드라로 나뉘고 파리아까지 생겼습니다. 무려 수백년 동안 이런 생각이 자리 잡으면서 전통과 문화인 줄 착각하시는데, 절대 아닙니다. 언제까지 영국이 만든 세상에서 놀아날 겁니까?"

마지막 말에 머리를 망치로 두들겨 맞는 듯한 느낌을 받았다.

한번도 영국이 만들어낸 것이라 생각하지 않았다.

그저 어렸을 때부터 들었고 교육받았던 대로 생각하고 그것이 옳다고 여기고 있었다.

그 생각에 커다란 금이 생기고 무너지기 시작했다.

함께 듣고 있던 위원들이 놀랐다.

"카스트가… 영국이 만든 것이었어……?"

"그러면 대체 뭘 믿고 지냈던 거야……?"

여러 반응이 있었다.

그리고 간디가 떨리는 목소리로 장성호에게 물었다.

"그…그것이 사실입니까……?"

"예."

"고려에서 그것을… 어떻게 알고 있는 겁니까?"

"할양받을 식민지와 식민을 통치하기 위해서 하나부터 열까지 제대로 알아야 했기에 알고 있는 겁니다. 상황이 이러한데 계속해서 분열책동에 걸려들 겁니까?"

"아니오… 절대 그렇게 되어서는……."

"여성에 대한 편견과 차별도 마찬가지입니다. 우리 군엔 수십만 대군을 지휘하는 여성 군 지휘관이 있고 뛰어난 지도력을 발휘하고 있습니다. 여러분들이 충분히 올바르다 여길 수 있는 가정도 가지고 자녀들을 바르게 양육하고 있습니다. 이 전례를 들면 여성에 대한 차별도 없어져야 할 겁니다. 이에 대해선 어떻게 생각합니까?"

"특무 장관의 이야기가… 옳다고 생각합니다……."

"그 생각이 모든 인도인들의 생각이 되어야 합니다. 그리고 새로운 신분 제도와 차별 금지 제도를 받아들일 준비가 되어 있어야 합니다. 그 전에 인도의 독립이 이뤄지는 일은 절대 없습니다."

"……."

110

단호한 모습에 네루와 간디가 굳은 표정을 지었다.

하지만 절대 독립이 불가능하다고 생각하지 않았다.

전쟁에 참전하면 독립시켜준다는 영국의 제안보다 훨씬 고결했다.

두 사람을 보면서 장성호가 속으로 미소를 지었다.

'실제로 간디는 파리아와 흑인에 대해서 엄청난 차별 의식을 가진 사람이야. 비폭력 무저항의 화신으로 여겨지는 것과 다르게 말이야. 저 사람의 본질이 바뀌어야 인도가 바뀔 수 있어.'

간디의 미래를 앞으로 예견했다. 그의 모습은 보다 긍정적으로 변할 것이라고 생각했다.

그렇게 되지 않으면 인도는 절대 독립할 수 없었다.

장성호의 강경한 모습에 네루와 간디가 어쩔 줄 몰랐다.

그때 장성호가 내미는 문서 한 장을 봤다.

"뭡니까? 이것은……?"

"인도가 독립했을 때 함께 번영을 누리려고 하는 계획입니다."

"우리와 함께 말입니까?"

"예. 한번 읽어보시기 바랍니다."

받은 문서를 펼쳐서 안의 내용을 읽기 시작했다.

안에는 두 사람을 위해 영어로 번역된 글이 쓰여 있었다.

바로 조선 정부에서 추진하는 원대한 계획에 대한 내용이었다.

조선의 부산포에서 시작해 한양과 의주를 거쳐서 중화민

국의 북경, 서주, 남경, 초나라의 장사, 성도를 거치는 선이 있었다.

그 선은 티베트로 이어지고, 몽골과 위구르인이 사는 땅에도 이어져 있었다.

그리고 티베트에서 인도로 이어져 있었다.

그 선의 종착지는 페르시아 너머 터키 공화국에 위치해 있었다.

그것을 보고 두 사람이 문서의 제목을 확인했다.

"고속화 도로… 고속철도……?"

장성호가 두 사람에게 물었다.

"차가 최고로 속력을 내면 어느 정도라고 생각합니까?"

"시속 60킬로미터 정도 됩니까?"

"그것은 영국의 차의 경우고 우리의 차는 적어도 한시간에 100킬로미터 이상을 달릴 수 있습니다. 도로 사정만 좋다면 말입니다. 그러면 철도는 어느 정도로 달리겠습니까?"

"차와 비슷하지 않겠습니까?"

"인도에 부설된 철도는 아마도 시속 60킬로미터 전후로 달릴 겁니다. 그리고 고속철도의 속도는…….."

"100킬로미터……?"

"200킬로미터 이상입니다."

"……?!"

"시속 200킬로미터, 혹은 300킬로미터에 이르는 고속철도로 동양 전체를 하나로 잇고 묶을 것입니다. 그것이 우리가 원하는 전략과 국익이고 인도 또한 그러한 이익을 누릴 수 있습니다. 그러니 독립은 정말로 꿈 꿔 볼 만한 것입니다. 세상의 어떤 것을 맞바꿔서라도 말입니다."

"……."

"공정과 배려 속에서 진정한 자유를 누리고 노력한 만큼 대가를 얻길 바랍니다."

시속 200km 이상이라는 말을 들었을 때 머리에 충격이 일고 심장이 크게 뛰는 것을 느꼈다.

그리고 그것이 처음에는 쉽게 믿어지지 않았다.

"200킬로미터라니……."

"300킬로미터라니 그게 정말 사실입니까? 믿어지지가 않습니다."

네루와 간디의 의심에 장성호가 웃으면서 대답했다.

"의심이 되면 조선에 와서 확인해보시기 바랍니다. 마침 한양에서 부산까지 400킬로미터 구간의 고속철도 노선이 완공되어서 시범운행 중입니다. 중화민국에서 건설 중인 노선도 내년이면 공사가 끝나고 시범운행을 벌일 테고 말입니다. 직접 눈으로 확인할 수 있는 곳은 많습니다."

거짓말 같지 않았다. 장성호가 전하는 모든 이야기가 진실로 느껴지고 있었다.

인도의 번영이 눈앞에 있었다.

"고속도로고와 고속철도를 건설할 수 있다면… 어떤 나라가 공사를 책임집니까?"

"조선인과 인도인이 함께 건설하고 책임은 우리 정부와

건설 회사가 질 것입니다."

"우리를 노예처럼 부리진 않겠습니까?"

"그랬다간 강한 처벌을 받게 됩니다. 우리 노동자도 귀한데 남의 나라 노동자를 귀하게 여기지 않을 이유가 없습니다. 다만 건설비용 중 8할을 인도에서 지불하고 지불금액은 원화와 현물로 받을 것입니다. 그리고 완공이 되면 건설을 책임진 우리 국적 회사의 통관세가 무료가 되고, 인도는 다른 나라로부터 통관세를 거둘 수 있습니다. 또한 인도에 부설된 고속도로와 고속전철을 마음껏 이용할 수 있습니다. 이런 미래가 마련되어 있는데 어떻게 하겠습니까?"

마지막 물음이었다.

그리고 네루와 간디가 합심해서 대답했다.

간디가 장성호에게 대답했다.

"고려의 조건대로 독립을 준비하겠습니다. 법제를 준비하고 국민들을 설득하겠습니다."

장성호가 마무리 지었다.

"신분과 종교, 성별을 가리지 않고 인도인들이 신뢰하는 각계각층의 사람들을 뽑아서 200명 정도 조선에 보내십시오. 그러면 우리가 지금 말한 것들을 보여주고 우리가 누리는 번영을 함께 누릴 수 있음을 보여주겠습니다. 그리고 신분제 폐지와 파리아 차별에 관한 처벌법이 임시정부를 통해서 마련되고, 종교에 자유가 있는 것 또한 법제로 확실하게 명시되어야 독립할 수 있다는 것도 함께 알리십시오.”

장성호의 말을 들으며 네루와 간디가 고개를 끄덕였다.

아직 장성호의 말은 끝나지 않았다.

“영국을 능가하는 나라가 되겠다는 희망을 꿈꾸기 시작하면 인도는 전례에 없는 변화를 이루고 위대한 나라로 거듭날 것입니다. 우리는 그런 우방국과 함께하는 영광이 있기를 원합니다.”

할 일들이 생겼다.

그 일은 5년 동안 인도인들이 가진 관념과 편견을 폐하는 것이었다.

그것은 무척 고단하고 시간이 오래 걸리는 일이었다.

하지만 결단해서 반드시 바꿔야 하는 악습이었다.

새로운 혁명을 꿈꾸기 시작했다.

장성호가 말한 카스트의 진실을 주민들에게 알리기 시작했다.

“정말로 브라만과 크샤트리아, 바이샤, 수드라, 파리아로 계급을 나눈 것이 영국이 한 짓이란 말입니까?”

“그렇소.”

“그러면 여태 우리가 그렇게 여겨왔던 것은⋯⋯.”

“속은 것이오. 그러니 이제부터 생각을 달리 해야 하오. 파리아를 차별해서는 안 되오.”

간디가 직접 나서서 미처 진실을 알지 못하는 위원들을 설득했다.

위원들은 황당함을 느끼면서도 인도인들을 세뇌한 영국

에 대해서 분노했다.

물론 기존의 생각을 바꾸지 못하는 사람들도 있었다.

"그런 더런 일을 하는 불가촉천민을 동족으로 여기라니?! 절대 있을 수 없는 일이오!"

"하지만 영국이 속여 왔소. 그들이 우리를 분열시키기 위해서 힌두교를 끌어들인 주장이오. 지금부터라도 깨어나야 하오."

"어떻게 이런 일이……."

단지 익숙함에서 벗어나기가 힘들었다.

그렇게 벗어나는 일은 무척 어색하고 고통스런 일이었다.

하지만 잘못된 것이라는 것을 깨닫는 데에는 그리 오랜 시간이 걸리지 않았다.

영국은 비극의 원인이 되었고, 인도인들은 영국의 그늘에서 벗어나기 위해서라도 카스트를 버리고 파리아에 대한 차별을 조금씩 거두기 시작했다.

네루와 간디의 노력으로 인도인들이 새로운 깨우침을 얻어갔다.

동시에 종교에 있어서도 유연한 사고방식을 가지기 시작했다.

장성호가 조선으로 돌아가기 전에 간디에게 한 말이 있었다.

'반대를 표현할 수 있습니다. 서로의 방식이 잘못됐다,

혹은 틀렸다고 주장할 수 있습니다. 심지어 죄라고 표현할 수도 있습니다. 하지만 그것은 차별이 아닙니다. 차별의 기준은 오직 강제성으로만 결정됩니다. 특정 인물이나 집단에 대한 강압적인 제지, 그리고 반대를 뛰어넘는 실력 행사가 이에 해당 됩니다. 이것이 기준이 되면 이슬람교는 힌두교를 두고 틀렸다고 할 수 있고, 힌두교는 이슬람교를 두고 교리를 반대하고 죄를 짓는 것이라 주장할 수 있습니다. 이것은 차별이 아니며, 물리력과 제도를 통한 실질적인 훼방이 이뤄질 때만 차별로 규정됩니다. 파리아라 불리는 사람들이 시험을 치를 때 방해를 받는 것처럼 말입니다. 앞으로 독립하게 될 인도는 생각과 삶의 방식, 종교가 다르다고 차별받지 않는 나라가 되어야 합니다. 그래야 종교로 인해서 분열되지 않습니다. 지금부터라도 인도인들을 교육해야 됩니다.'

5년이라는 기한이 짧을 수도 있다고 말했다.

장성호의 이야기를 들은 간디는 이슬람과 힌두에 대한 믿음으로 나뉘어 있는 동족을 생각하면서 아찔함을 느꼈다.

인도인들의 통합을 위해서 자신의 믿음을 내려놓았다.

"만약 우리가 고려의 식민지가 되었다가 독립한다면, 종교에 대해서 자유를 가질 수 있고 서로에 대한 비판과 반대의 자유를 가질 수 있소. 그러나 그것은 어디까지나 생각을 전하고 말을 전하는 것에서만 그쳐야 하오."

간디의 이야기를 들은 이슬람교인들이 물었다.

"만약 힌두교인들이 위대한 알라를 모욕하면 어떻게 합니까? 놈들은 우리 신을 수시로 모욕합니다."

"그렇다면 똑같이 힌두의 신들을 모욕하시오."

"그걸 말이라고 합니까?"

"나는 힌두교인이오. 그럼에도 힌두 신들을 모욕하시오. 그렇게 한다고 해서 알라와 힌두 신들의 위대함이 사라지지 않소."

"……."

힌두교인인 간디가 힌두 신들을 욕하라고 말하자 이슬람교인들이 할 말을 잃었다.

그리고 간디는 고작 인간이 하는 말에 알라가 분노했는지 안 했는지 모르는 상황에서 인간이 멋대로 기분 나빠하고 일을 저지르는 경솔함을 벌이지 말라고 했다.

그 말에도 이슬람교인들은 어떤 대꾸도 할 수 없었다.

서로를 제재하기 위해 법과 제도를 만들 수 없으며, 또한 폭력적인 행위도 절대 용서받을 수 없다고 경고를 전했다.

그런 이야기를 힌두 신들을 믿는 인도인들에게도 말했다.

그들은 이슬람을 믿는 사람들을 설득한 간디의 행동을 이해할 수 없었다.

"간디 부의장께선 힌두 신을 믿지 않으십니까?"

"믿소."

"그렇다면 우리와 함께 저 사악한 사도들을 쫓아내야 하지 않겠습니까? 알라라 불리는 신을 믿는 자들을 말입니다. 그런데 어째서 그들을 설득하는 번거로움을 가지시려 합니까?"

힌두교인들의 물음에 간디가 미소를 지으면서 말했다.

"인도인들을 하나로 묶기 위함이오. 우리가 그토록 독립투쟁을 벌인 것은 이 나라를 힌두교인들만의 나라로 만들기 위한 것이 아니오. 모든 인도인들의 나라, 그 나라를 세우는 것이 우리의 진정한 독립이오. 우리나라는 공정과 배려, 찬성과 반대의 자유를 가진 위대한 나라가 되어야 하오."

간디의 목소리를 사람들이 가슴 깊이 새겨 넣었다.

자신들의 믿음을 지키면서 이슬람과 힌두 서로에 대한 실력 행사가 곧 강한 처벌로 이어진다는 것을 경계로 삼았다.

인도의 독립을 위해서 서로 간에 믿음을 강요하는 욕심을 내려두기로 했다.

그리고 독립했을 경우 보상이 있다는 것을 알게 됐다.

"우리가 독립하면 고려에서 선물을 줄 것이오."

"어떤 선물을 말입니까?"

"고속도로가 건설되고 고속철도가 건설되오. 우리 인력과 고려의 기술이 투입되고, 두 나라가 함께 도로와 철도를 마음껏 이용할 수 있소. 다른 나라가 이용하려면 우리에게 통관세를 내야 하오. 그것이 이뤄진다면 우리도 고려처럼 잘 살 수 있소."

조선처럼 잘 사는 나라를 건설할 수 있기를 소망했다.

그리고 독립을 위해 장성호가 제시한 조건을 반드시 지키려고 했다.

고속철도가 무엇인지 브라만에 속한 승려와 지식인들이 몰랐기에 간디가 그것에 대해서 설명하자 놀라면서 조선의 고속철도를 의심했다.

눈으로 보기 전까지 믿을 수 없었다.

* * *

간디와 네루의 노력이 펼쳐지는 동안 조선으로 돌아온 장성호는 인도 외에 다른 영국의 식민지 상태도 확인했다.

한 관리가 보고문을 챙기다가 궁금한 것이 생겨서 장성호에게 물었다.

"저, 특무대신."

"음? 불렀습니까?"

"예. 한가지 여쭤볼 것이 있습니다만……."

"물어보십시오."

"인도에 회교도와 힌두교가 함께 있는 것으로 압니다. 차라리 종교에 따라 나라를 분리시켜서 독립시키면 되지 않겠습니까? 저는 조금 이해가 안 갑니다."

회교도는 이슬람교도를 뜻하는 조선말이었다.

관리의 물음에 장성호가 친절히 가르쳐 줬다.

"만약 나라를 갈라서 독립시키게 되면 서로가 서로 땅이라고 주장할 게 뻔합니다. 그러면 회교도와 힌두교는 원수가 되고 그 땅에 고속도로와 고속철도를 건설하려는 우리 꿈도 사라지게 됩니다. 어렵더라도 반드시 인도를 하나의 나라로 독립 시켜야 합니다."

대답을 듣고 관리가 크게 깨우쳤다.

그리고 고속도로와 고속철도를 통해서 조선의 물건이 쉽게 서역으로 팔릴 것이라는 이야기를 들었다.

그러나 더 큰 것을 노리고 있었다.

영국으로부터 인도를 할양받는 순간에 성한과 이야기했던 것이 있었다.

그 이야기를 이희에게 알현해서 알려줬다.

"철도로 이집트의 수에즈 운하를 피한다?"

"예. 폐하."

"굳이 그렇게 할 필요가 있는가?"

이희의 물음에 운하를 피해야 할 필요성을 알려줬다.

"폐하께서도 아시지만 조선은 영길리가 누렸던 영광의 시대를 무너뜨렸습니다. 그들의 식민지 중 반을 가져갔고 영길리의 자존심인 파운드화를 기축 통화의 지위에서 끌어내렸습니다. 그럼에도 영길리가 내세울 수 있는 것은……."

"이집트의 수에즈 운하다?"

"예. 폐하. 수에즈 운하를 통해 동양과 서양의 교역이 이뤄집니다. 특히 세계 무역의 규모가 커질수록 영길리는 수에즈 운하를 통해 막대한 이익을 취할 수 있습니다. 그들의 이익을 고속철도를 통해서 분산시켜야 합니다. 항공기로 화물을 운송하는 것은 비싸고, 해운은 너무나도 시간이 걸립니다. 철도 운송이 속도가 빠를 경우 두 운송 수단을 대체할 수 있습니다."

이야기를 듣고 이희가 다시 물었다.

"그렇게 되면 서양으로 향하는 우리 해운 회사들에게 안 좋은 영향이 있지 않겠는가?"

그리고 대답을 들었다.

"전혀 없습니다."

"어째서인가?"

"철도 운송이 어려운 말레이시아와 오스트레일리아를 상대로 해운을 벌일 수 있기 때문입니다. 그리고 두 지역의 산업과 경제도 성장할 것이 분명하기에 우리 해운 회사가 크게 손해 보는 일은 없을 겁니다. 고속철도를 통한 운송 계획을 미리 알려준다면 시장 변화도 적절하게 대응할 수 있습니다."

장성호의 대답을 듣고 이희가 고개를 끄덕였다.

그리고 조선을 중심으로 동양의 철도와 고속도로가 이어지는 것을 꿈꿨다.

그의 탁자 위로 보고문이 올라와 있었다.

최종적으로 왕복 8차선 고속도로와 10차선 고속도로가 목표로 삼아지고, 4차선 고속도로로 먼저 개통된 뒤 확장을 위해 미리 토지를 구매해 놓는다는 계획이 문서에 담겨 있었다.

그리고 고속철도 상업운행이 곧 이뤄질 것이라는 보고를 확인했다.

"나흘 뒤로군."

"예. 폐하. 나흘 뒤에 조선은 세계 최초로 고속철도를 보유하게 됩니다."

증기기관차와 디젤 기관차를 뛰어넘는 새로운 운송 수단이었다.

세계 최초로 조선에서 고속 전철이 개발되고 상업 운행이 시작되었다.

나흘 뒤 새롭게 개장된 서울역에서 고속철도 완전 개통 및 개업식이 치러졌다.

수많은 군중이 모인 가운데 단상 위에 오른 이희가 감회가 새롭다는 이야기를 전했다.

그리고 조정 대신들과 함께 승강장으로 향했고 대기하고 있던 고속전철의 위용을 확인했다.

특별히 부설된 철로 위에 은빛을 뽐내는 고속 전철이 서 있었다.

고속전철의 이름은 '한빛'이었다. 한양의 '한'자와 '빛'이 합쳐진 이름이었다.

고속전철의 기관차는 마치 독수리의 부리 같은 형상을 하고 있었다.

그것을 보고 이희는 바람을 잘 가르기 위해 만들어진 것이라는 것을 단번에 알아봤다.

미래에서 온 후손들의 지식으로 지혜를 얻고 있었다.

그가 한빛에 탑승해서 3시간 만에 의주에 도착했다.

그리고 의주 백성들의 환호를 받으면서 하루를 보낸 뒤 차를 타고 고속도로를 달리면서 조선의 새로운 동맥을 경험했다.

그로부터 수개월이 지났다.

인도에서 여객기를 타고 손님들이 찾아왔다.

그들은 간디와 인도 회교도, 힌두교도, 브라만에서 파리아까지 각계각층의 인도인이었다.

장성호의 초청을 받아 조선에 와서 고속전철을 타는 신세계를 경험했다.

창밖의 풍경이 빠르게 지났다.

창문에 얼굴을 붙인 인도인들의 머리가 떨어질 줄 몰랐다.

곳곳에서 탄성이 일어나고 있었다.

"이렇게나 빠르다니!"

"정말로 이런 열차를 인도에 들일 수 있는 거야……?"

"카스트를 없애고 파리아에 대한 차별을 없애면 독립해서 고속철도를 건설할 수 있다니……."

"고민할 필요가 없어. 우리는 하나가 되어서 고속전철을 건설하고 번영을 이뤄야 해."

"조선과 함께해야 돼."

객차 실내를 보면서 한번 더 탄성을 질렀다.

"와."

"정말로 깨끗하다……."

"천장에서 시원한 바람이 나오고 있어."

열차에 냉방기가 탑재되어 있었다.

더운 곳에서 생활하는 인도인들은 조선이 가진 문명의 수준이 얼마나 뛰어난 문명인지 경험하게 됐다.

간디 또한 경탄하면서 장성호로부터 들었던 이야기가 진짜라는 것을 실감했다.

인도에 고속전철이 건설되기를 강하게 희망했다.

'인도의 독립을 위해서 카스트를 폐하고 종교의 자유를 이룩해야 해! 그래야 철도를 통해 나라가 하나가 될 수 있어! 번영을 위해 고려의 고속철도를 건설해야 해!'

더욱 독립에 대한 의지를 키웠고 그것을 위해서 사람들이 관념적으로 여기는 신분제 폐지와 종교의 자유를 세워야 한다고 생각했다.

그 생각을 객차 안에 있던 모든 사람들이 공통적으로 갖고 있었다.

브라만 곁에 옷을 잘 차려 입은 수드라와 파리아가 있었다.

그들이 함께 빠르게 대지를 질주하는 감동에 젖어 있었다.

한빛이 서울역에 도착했고 승강장에 조선을 방문한 인도인들이 하차했다.

그 모습을 멀리서 한 노인이 지켜보고 있었다.

지팡이를 짚고 잔잔한 미소를 입에 머금은 노인이었다.

"이제 그만 집으로 돌아가셔야 됩니다. 사장님. 주치의

원님께서 무리하셔서는 안 된다고 말씀하셨습니다."

"그래. 돌아가세."

"예. 사장님."

마음 같아선 한빛을 타고 고향에 한번 가보고 싶었다.

하지만 굳이 그렇게 하지 않아도 인생이 너무나 만족스러웠다.

그는 박기종이라는 이름의 조선철도공사의 초대 사장이었다.

디젤기관차가 개발되었을 때 그는 자신이 볼 수 있는 마지막 기관차라고 생각했다.

그러나 그가 본래 가졌던 운명보다 장수하면서 결국 고속전철이 개발되는 것과 고속철도 개통식마저도 지켜보게 됐다.

다른 나라 사람들이 와서 감탄하는 모습을 보고 보람을 느꼈다.

차를 타고 집으로 돌아가면서 하늘을 쳐다봤다.

"참으로 감사합니다……."

감사로 여생이 가득 채워졌다. 그로부터 한달이 지나서 조선의 철도왕은 깊은 영면에 이르렀다.

그의 부고를 들은 이희는 슬퍼했고 박기종이 어떤 삶을 살아야 했는지 아는 사람들은 그의 꿈이 좌절되지 않았다는 사실에 다행이라고 생각했다.

그리고 그와 같은 시간을 공유했음에 영광이라고 생각했다.

그렇게 한 영웅이 삶이 역사 속으로 스며들었다.

새롭게 변화된 역사와 미래가 펼쳐지기 시작했다.

1924년 한 해에 중화민국에서도 고속전철이 개통되면서 조선의 철도가 서쪽으로 뻗어나가기 시작했다.

그리고 사람들은 한빛을 타고 조선으로 향했다.

그로 인해서 새로운 문제들이 발생하기 시작했다.

불편한 이웃

　의주에서 북경까지 고속철도가 완공됐다.

　그리고 북경에서 장안, 서주, 남경까지도 고속철도가 부설되고 그 위를 한빛이 달리기 시작했다.

　조선의 기술과 중화민국의 자본이 투입된 고속철도였다.

　그 고속철도는 조선과 중국이 마음대로 이용할 수 있었고 다른 나라가 이용하기 위해선 통관세를 반드시 물려야 했다.

　고속철도 외에 시속 150km로 달릴 수 있는 일반 철도도 개량되면서 부설되고 있었다.

바야흐로 다시 철도의 시대가 돌아오고 있었다.

많은 승객과 화물을 태우고 먼 거리를 비교적 빠르게 실어다 나를 수 있었다.

중국인들은 보다 쉽게, 많은 인원이 조선으로 향할 수 있었다.

두 나라 사이에서 한달 이내의 단기 체류에 관해서는 무비자 출입국이 가능하도록 협정이 체결되었다.

그것으로 인해 두 나라 사람들은 물품 검사와 신체검사만 조금 받을 뿐, 고단한 절차를 받지 않아도 되는 편리함을 얻었다.

그리고 일본과 초나라 티베트와 몽골 위구르도 똑같은 협정을 맺고 그들 나라들의 여행객이 자유롭게 유람할 수 있도록 조치를 취했다.

북경에서 출발한 한빛이 시속 250km로 달려 한양에 이르렀다.

서울역에서 무수한 승객들이 하차했고 돈 많은 중국인들이 하차해 주위를 두리번거렸다.

역사 창문 밖으로 한양의 풍경이 펼쳐져 있었다.

"와."

"여기가 조선인가?"

"엄청 깨끗하게 보여."

"이렇게 빨리 도착하게 되다니. 정말 상상도 못 한 일이 벌어졌어."

"조선의 고속전철은 대단한 기물이야."

10시간도 채 걸리지 않았다. 멀미 없이 매우 편안하게 조선에 도착했고 그 사실에 중국인들이 계속 감탄을 했다.

객차에 탑재된 냉방기로부터 시원한 바람이 나오던 것을 기억했다.

조선의 뛰어난 문명을 경외할 수밖에 없었다.

물품 검사를 받고 금속탐지기라 불리는 새로운 검사기로 신체검사를 받았다.

입국 절차를 끝낸 뒤 서울역 대합실로 향했고 북적이는 사람들과 조선에서만 볼 수 있는 상점들을 보게 됐다.

그것을 본 중국인 관광객들이 감탄했다.

"이야~"

"정말로 조선이구나."

"저기 조선글 좀 봐."

"사람들의 모습이 우리나라 중국인들과 비슷하게 보이지만 훨씬 더 지적이고 고급스럽게 보여."

"일단 숙소에 짐을 풀고 관광에 나서자고."

"그래요. 여보."

한 중국인이 있었다. 그의 이름은 '위랑'이었고 아내와 큰 딸, 어린 아들과 함께 조선에 놀러왔다.

그들은 조선인 기준으로 봤을 때도 상당한 부호였다.

서울역 앞에서 기다리는 소형상용차를 타고 경강이 잘 보이는 고급 숙소로 향했다.

소형상용차는 유럽과 미국에서 '택시'라 불리는 상업용 차였다.

숙소에 도착한 위랑이 방 2개를 잡고 안에서 짐을 풀었다.

갈아입을 옷과 속옷이 담긴 큰 가방을 두고서 한양을 돌아다닐 때 쓸 작은 가방을 챙겨 나가려고 했다.

방에 두고 나올 가방을 보면서 자식이 위랑에게 물었다.

"아버지. 저렇게 가방을 두고 나와도 될까요?"

위랑이 자식에게 말했다.

"중국에서는 모르지만 여긴 조선이라서 괜찮아. 아무도 저 가방을 훔쳐가지 않을 거야. 너도 내버려진 물건을 보게 되면 절대 가지지 말고 그대로 두거나 공안서에 가져다 줘야 한다. 알겠니?"

"예. 아버지."

"엄마와 수연이를 챙겨서 나가자."

"예."

자식에게 예절교육을 시키면서 숙소에서 나왔다.

위랑은 중국인의 명예를 지키길 원했고 특히 조선인들로부터 무시 받지 않으려고 했다.

천하의 조선인들에게 중국인으로서 좋은 인상을 심어주기를 원했다.

그렇게 숙소에서 나왔고 그들과 함께 조선에 온 다른 관광객들을 보았다.

큰 소리로 물어오는 사람들이 있었다.

"어? 중국인 맞소?!"

"맞습니다."

"같은 객차에 타고 있었는데 중국말을 써서 중국인인 줄 알았소! 난 장유라고 하오! 만나게 되어서 반갑소!"

"위랑입니다. 반갑습니다."

배가 많이 튀어나온 중국인이었다.

그가 큰 소리로 말하면서 자신을 소개하자 위랑이 주위를 살피면서 어색하게 웃었다.

큰 소리에 조선인들이 쳐다보고 있었다.

그들에게 폐를 끼치는 것은 아닌지 위랑이 걱정했다.

장유는 자신의 나라에서 하던 행동을 조선에서도 계속 유지하고 있었다.

"세상이 많이 좁아졌어! 조선에서 같은 중국인을 보게 되다니 말이야! 정말 조선이 많이 발전했어! 내가 어렸을 때만 해도 우리보다 못 살고 속국이었던 나라인데 이렇게까지 발전해서 강국이 되다니! 문아! 이번에 조선 유람을 잘하고 돌아가면 열심히 공부해서 나라에 이바지 하거라. 알겠니?!"

"예! 아버지!"

자식에게 넓은 세상을 보여주고 크게 키우고자 했다.

중국이 예전처럼 동양의 중심 나라가 되고 조선을 능가하는 나라가 되기를 원했다.

그리고 장유를 보면서 위랑은 절대 그와 같은 중국인이 되어선 안 된다고 생각했다.

빨리 인사하고 거리를 벌렸다. 좋은 만남을 가졌다고 장유에게 말하고 가족과 함께 한양 구경에 나섰다.

한편 장유는 가족과 함께 숙소로 들어갔다.

숙소 1층에서 방이 있는지를 물었다.

"5박 하고자 하오! 방이 있소?!"

장유의 물음에 중국말이 가능한 직원이 앞으로 나섰다.

곤란한 표정을 지으면서 장유에게 말했다.

"죄송하지만 오늘은 방이 없습니다."

"정말이오?!"

"예. 고객님."

"이런!"

방이 없다는 말에 장유가 인상을 팍 썼다. 고민하다가 직원에게 물었다.

"내 알기로 이 숙소가 조선에서 최고의 숙소라 하던데?!"

"그렇게 자부하고 있습니다."

"내일은 빈 방이 있소?!"

"확인해보겠습니다. 아, 내일은 있습니다. 묵으시려는 기간 동안 숙박할 수 있습니다."

"그러면 내일부터 방에 묵겠소! 그렇게 할 수 있겠소?!"

"예. 고객님."

"알겠소! 그러면 오늘밤에 보겠소!"

"네…? 네. 알겠습니다… 고객님."

내일부터 묵는다는 사람이 당일 밤에 보겠다는 말이 이해되지 않았다.

숙소의 직원은 그저 자신이 잘못 들은 것이라고 생각했

다.

장유는 어차피 묵을 숙소니 짐 좀 맡기자고 말했고 직원들은 자신들의 할 일을 했다.

이후 장유와 그의 가족들은 자유롭게 한양을 구경하고 밤에 숙소로 돌아왔다.

숙소 1층에 고객을 위한 넓고 편안한 소파가 있었고 그 위에 장유와 가족들이 앉았다.

밤 10시가 되자 더 이상 숙소에 오는 사람들은 없었고 장유의 가족은 소파를 마음껏 사용할 수 있었다.

그 위로 장유가 누웠고 반대편 소파에 장유의 부인과 자식이 함께 누웠다.

그리고 코를 골았다.

잠시 후 직원이 와서 장유를 흔들어 깨웠다.

"저, 고객님."

"음……?"

직원의 깨움에 장유가 눈을 부스스 뜨고 주위를 돌아봤다. 그가 직원에게 물었다.

"아침이오……?!"

"아닙니다."

"그런데 왜……."

"저, 여기는 1층을 이용하는 고객님들을 위한 자리입니다. 이렇게 누우셔서 주무시면……."

금세 직원이 하는 말의 의미를 이해했다. 그리고 장유가 물었다.

"돈을 냈지 않소?!"

"네?"

"내일부터 이 숙소를 이용하기로 했는데 당연히 이 자리를 쓸 수 있는 권리도 있는 게 아니오?! 뭐가 잘못되었소?!"

그 말에 직원이 한숨을 쉬었다가 다시 미소 띤 얼굴로 말했다.

"물론 쓰실 수 있는데 이렇게 쓰시는 것은 아닙니다. 그리고 여긴 침소가 아니고 말입니다. 1층을 이용하시는 고객님들을 위해 잠깐 앉아서 쉬다가는 자리입니다. 그러니……."

"그런 고객이 지금 있소?!"

"지금은 없지만, 오실 수도 있습니다."

"그러면 오면 알려주시오! 그때 잠시 비켜주겠소! 우리는 이 숙소를 이용할 수 있는 돈을 낸 고객이오!"

"고객님. 정말……."

직원의 표정이 갈수록 일그러졌다.

장유와 가족은 돈을 냈으니 마땅히 누릴 권리가 있다고 말하면서 계속해서 소파 위를 독차지 하며 앉아 있었다.

그 모습을 보고 도저히 안 되겠다고 생각을 했는지 직원이 제자리로 돌아가서 전화기를 들었다.

"지금 여기에 마음대로 행동하는 고객님이 계십니다. 내일부터 방을 이용하시는 고객님인데 지금 숙소에 와서 민폐를… 아, 오신단 말입니까? 알겠습니다."

전화를 끊고 직원이 다시 소파에 드러누운 장유를 노려봤다.

5분 뒤 몇 명의 경찰이 숙소에 도착했다.

그리고 소파에 누워 있던 장유와 가족들에게 왔다.

직원이 경찰에게 자초지종을 설명했다.

"내일부터 방을 이용하시는 고객님인데, 이렇게 마음대로 다른 고객을 위한 소파를 쓰고 계십니다. 비워달라고 말씀을 드렸는데 이렇게 버티고 계십니다. 부탁드립니다."

"알겠습니다."

설명을 듣고 경찰들이 깨어난 장유에게 말했다.

"신고를 받아서 왔습니다. 나가 주셔야 됩니다."

경찰이 팔을 잡음에 장유가 크게 소리쳤다.

"난 아무 잘못도 한 게 없소! 놓으시오!"

직원이 그에게 말했다.

"1층을 이용하는 고객을 위한 자리입니다. 독차지하면서 침상처럼 사용하시는 것은 엄연히 잘못입니다."

"돈을 냈는데 당연히 쓸 수 있지 않소?!"

"돈을 냈다고 해서 마음대로 할 수 있는 건 아닙니다. 고객을 왕으로 모셔야 되는 것은 맞지만 고객님께서 그렇게 생각하셔서는 안 됩니다. 그러니 금일 밤은 자리를 비워주시고 내일 객실을 제대로 이용해 주십시오."

끝까지 정중하게 경유를 설명하고 양해를 구했다.

직원의 말에 장유가 크게 소리쳤다.

"조선 공안이 중국인을 죽인다!"

그의 외침에 경찰들이 흠칫했다.

투숙객들이 소란에 잠이 깨서 놀라 몇 명이 1층으로 내려와서 상황을 살폈다.

그들 중에 위랑도 함께 있었다.

'이런 망신을……!'

다른 중국인들이 고개를 절레절레 흔들었다.

장유는 난동을 부리면서 조선이 중국인을 업신여긴다고 크게 외치면서 후환 운운을 했다.

결국 조용히 그를 데리고 나가려던 경찰들이 물리력을 동원할 수밖에 없었다.

곤봉이 쓰였고 장유의 아내와 자식은 비명을 지르면서 울음을 터트렸다.

다음 날 아침, 신문에 조선에 여행을 온 중국인들의 민폐가 기사로 실렸다.

기사를 읽은 한양 사람들이 인상을 찌푸렸다.

"대체 한양에 와서 이게 무슨 짓거리야?"

"숙박료를 냈다고 이용 전날부터 1층 소파를 침상처럼 마음대로 이용하다니."

"이런 행패를 부린 중국인들에 대한 조치가 반드시 필요해!"

"맞아!"

돈을 썼다고 행패를 부린 중국인에 대해서 분노했다.

그 일에 대해선 심지어 같은 중국인들조차 화를 낼 수밖에 없었다.

　조선에 오는 사람들은 대부분 교양인들이었다.

　"어젯밤에 난동을 부렸던 사람 기억하지?"

　"예. 아버지."

　"절대 그런 모습을 보여서는 안 된다. 그럴 때마다 우리 나라에 대해서 조선인들이 욕할 거야. 그 피해는 결국 다른 중국인들이 입게 돼. 이를 꼭 명심하거라."

　"예. 명심하겠습니다. 아버지."

　위랑을 비롯해 조선에 유람을 온 중국인들이 가족에게 이야기했다.

　그들은 행여 분노한 조선인들이 해를 입히지 않을까 걱정했다.

　하지만 조선인들도 미리 교육받은 것이 있어서 딱히 다른 중국인들에게 해코지를 하지 않았다.

　그저 인식이 조금 나빠지고 경계할 뿐이었다.

　조선에 중국인 여행객이 늘어난 사실이 이희에게 전해졌다.

　보고문과 신문이 함께 들어왔다.

　"고속철도 개통으로 중화민국의 여행객들이 유입되고 있습니다. 그것으로 인해 여러 문제들이 일어나고 있습니다. 대다수는 교양인들이지만 중국에서 하던 습관을 그대로 행하는 오만한 중국인들 때문에 애먼 우리 백성들만 피해를 입고 있습니다. 도로변에 마음대로 쓰레기를 버리기도 합니다. 중국인들에 대한 우리 백성들의 인식도 나빠지기에 조치를 내리셔야 합니다.”

“경은 어느 정도의 수위로 처결했으면 좋겠는가?”

“소란을 일으키거나 벌금이 부과된 관광객에 관해서는 10년 동안의 입국금지 처분을 내리시고, 위법 행위를 벌인 경우에 대해서는 법적 처벌이 이뤄진 후 20년 동안의 입국금지 처분이 있어야 한다고 생각합니다. 이것이 시행되고 처결되는 모습이 있어야, 조선에 유람을 오는 중국인들이 더욱 신경을 쓰고 경계할 것입니다.”

“그렇군.”

“우리가 그들의 눈치를 살펴야 되는 것이 아니라, 그들이 우리의 눈치를 살펴야 합니다. 설령 우리 물건을 사는 고객과 손님이라 하더라도 말입니다. 주객이 전도되어선 절대로 안 됩니다.”

장성호의 이야기를 듣고 이희가 고개를 끄덕였다.

동시에 외교적으로도 할 일이 있다는 것을 알았다.

중화민국 외교부와 조선의 외부 사이에서 대화가 있어야 했다.

“조선을 방문하는 중국인들이 무례한 일과 위법을 저지르지 않도록, 잘 교육시켜달라고 중화민국 외교부에 요청하라.”

“예. 폐하.”

황명을 막 내렸을 때였다.

내부대신인 이시영이 보고문을 가지고 협길당으로 들어

와서 이희에게 목례했다.

그리고 탁자 앞에 앉았다.

이희가 이시영에게 어떤 보고문인지 물었다.

"뭔가 문서를 많이 들고 들어왔군. 어떤 보고문인가?"

대답을 들었다.

"서해 바다에서 벌어지는 불법 어업 활동에 대한 보고문입니다."

"불법 어업 활동?"

"예. 폐하."

"불법이라니, 누가 법을 어긴단 말인가?"

다시 되물었고 위법한 자들이 누구인지 이시영이 대답했다.

"중국인들입니다. 중화민국 어선이 우리 어장에 와서 불법 어획을 벌이고 있습니다. 체포해서 처벌하고 있지만 근절이 되지 않아 추가 조치가 필요합니다. 폐하."

이시영의 보고에 이희의 미간이 좁혀졌다.

장성호의 표정은 더욱 좋지 않았다. 그가 이희에게 말했다.

"아무래도 이 부분에 대해서도 중화민국 외교부와 연락하셔야 될 것 같습니다."

그로부터 며칠이 지나서였다.

조선 외부의 공문이 중국주재조선 공사관을 통해 중화민국 정부로 전해졌다.

손문이 보고를 받고 인상을 찌푸렸다.

"조선에서 요청이 있었단 말입니까?"

"예. 각하. 조선을 방문하는 중국인 관광객이 물의는 일 으키는 경우가 있어서 미리 교육해달라는 요청이 있었습니 다. 그리고 조선의 근해에서 어업을 일삼는 우리 어선의 불법 행위를 막아달라는 요청이 있었습니다."

"심각한 문제라면 우리 어선의 불법 어로 행위겠군요."

"항의에 가까운 요청이었습니다. 불법 어로 행위가 지속 되면 필요한 조치를 취할 거라고 했습니다. 그러니 미리 근절해달라고 요청했습니다."

보고를 듣고 기분이 매우 나빴다.

조선의 항의로 인한 불쾌감이 아니라 세계 최강국인 조 선의 신경을 건드리는 국민들의 행동 때문에 불쾌감이 일 어났다.

어쩌자고 그런 일을 벌인 것인지 이해되지 않았다.

그저 나라를 위해서 필요한 조치를 내릴 수밖에 없었다.

"지금부터 조선의 근해에서 어로 행위를 하다가 적발될 경우 어선을 압수할 것이라고 우리 국민들에게 알리십시 오. 이는 동맹국에 대한 예의이자 중화민국의 명예가 걸린 일입니다. 절대로 조선 근해에서 불법적인 어로 행위가 있 어서는 안 됩니다."

"예. 각하."

손문이 내무 장관과 외무 장관에게 지시를 내렸다.

곧 중국 총통의 조치가 중국 동해안 항구 도시로 전해지 면서 그곳에 거주하는 어부들에게 공문이 전해지고 처벌

예고가 전해졌다.

*　　*　　*

조선 근해에서 어로 행위를 하다가 전날 귀항한 어부가
있었다.

관청에서 나온 공무원으로부터 이야기를 듣고 기막혀 했
다.

"조선 근해에 가서 어업을 벌이다가 걸리면 어선이 압수
된단 말이오?"

"그렇소. 물론 어업 허가를 받았을 경우에는 아무런 문
제가 없지만 허가증이 없는 상태에서 어업을 벌이게 되면
어선이 압수될 수 있소. 그러니 이제부터 조선 근해로 가
지 마시오."

"조선 근해로 가지 않으면 어디에서 고기를 잡아야 하
오?"

"우리 근해가 있지 않소."

"근해에서 잡을 수 있으면 다행이지. 우리 근해를 차지
하고 있는 사람들이 누구인데. 삼합회 때문에 조선 근해에
가서 고기를 잡아야 하오! 이건 우리에게 굶어 죽으라는
소리요."

청나라가 무너지기 전에 명나라 시절로 돌아가야 한다는
무리들이 있었다.

그들은 중화민국 건국 이후에 방향성을 잃은 무리들로,

불편한 이웃　145

부패한 고위 중국 공무원의 연줄을 이용해 온갖 행패와 갈취를 일삼는 이들이었다.

그리고 중화민국의 근해에서 나는 수산물을 취급하는 위치에까지 올랐다.

그런 자들을 이야기하는 어부의 말에 공무원은 안타까워하면서도 마지막까지 경고를 전했다.

"걸리지만 마시오. 걸리게 되면 이전의 처벌보다 강한 처벌을 받게 되오. 조선의 형량은 아마 2배 이상 가중되었을 거요."

그리고 다른 어부에게 말하기 시작했다.

다른 어부들도 성질을 부리면서 자신의 배로 향한 뒤, 배의 상태를 살피고 다음 출항을 기다렸다.

"걸리지만 않으면 되지!"

목선이었지만 조선에서 수입한 최신 기관을 달아 빨리 달릴 수 있었다.

때문에 얼마든지 도망칠 수 있다고 생각했다.

그 후 며칠이 지났다. 비바람이 몰아치고 난 후 날씨가 개었고 바다가 잔잔해졌다.

고기잡이를 못 한 만큼 만선이 되어서 반드시 돌아와야 했다.

조선 근해로 가서 그물을 던질 수밖에 없었다.

밤새도록 달려 멀리 조선 땅이 보이는 바다에서 고기를 잡기 시작했다.

그물을 던져서 올릴 때마다 큰 고기와 치어들이 함께 잡혔다.

단속이 이뤄지기 전에 어창을 채워야 했기에 무차별적으로 고기를 낚아 올렸다.

그리고 만선이 됨에 어부가 만족한 표정을 지었다.

"귀항하자!"

"예! 선장님!"

뱃머리를 돌려서 집으로 돌아가려고 했다.

그때 멀리서 기적 소리가 들렸고 배에 타고 있던 선원들의 고개가 돌아갔다.

조선말이 하늘에서 울려 퍼지고 있었다.

—정선하라! 귀선은 국기를 게양하고 정선하라!

"이런! 조선 해안경비대다! 속도 높여!"

"예!"

태극기를 단 조선 경비정이 출현했다.

확성기에서 계속 정선하라는 지시가 조선말과 중국말로 번갈아 울려 퍼졌다.

어로 행위를 하던 중국 어선들이 도망치기 시작했다.

조선 경비정들도 속도를 높이면서 서해 바다를 질주하기 시작했다.

'이런!'

뒤를 쳐다 본 어부가 크게 놀랐다. 선원이 그에게 큰 소리로 알렸다.

"조선 경비정이 쫓아옵니다! 거리가 좁혀지고 있습니다! 선장님!"

"⋯⋯!"

조선의 최신 기관을 탑재한 어선보다 경비정이 더 빨랐다. 조선의 경비정은 조선 해군에서 운용하는 고속정과 동종의 함정이었다.

그런데다 선미 부포를 뗐기에 무게가 더 가벼웠다.

목선보다 철갑선이 무거운데도 훨씬 빨랐다.

결국 조선군 경비대에 의해서 어선들이 따라잡혔다.

경비정의 정장이 해경 대원에게 명령을 내렸다. 어선을 멈춰 세워야 했다.

"어선 전방에 경고 사격을 가하라!"

"예! 정장님!"

즉시 전동 개틀링이 발포됐다.

기이이잉~! 드드드드드득!

"헉?!"

어부와 선원들이 치솟는 물기둥에 놀랐다.

급히 뱃머리를 돌렸고 경고를 전하는 조선 해안경비대의 확성기 소리를 들었다. 다시 정선하라는 지시를 듣고 어선이 격파될 수 있다는 경고를 들었다.

그제야 속력을 낮출 수밖에 없었다.

달려온 경비정이 어선의 선측에 붙어서 다리를 내렸다.

제복을 입은 조선 해안경비대 대원들이 어선 위로 올라왔다.

정장과 승조원들이 경비정에 남은 가운데, 대원들과 그를 지휘하는 경비대장이 어선 위에 올라 선장과 선원들을 갑판으로 집합시켰다.

그리고 선장을 찾아 그에게 신분을 물었다.

"선장이오?"

"예……."

"국기를 올리고 정선하라고 했는데 어째서 도망갔소? 공무집행 방해 혐의가 있다는 것을 알고, 일단 어업 허가증부터 보여주시오. 허가증이 있으면 선장에게만 책임을 묻겠소."

"……."

통역이 가능한 대원을 곁에 두고 경비대장이 말했다.

선장인 어부는 최대한 연기력을 발휘하면서 선원에게 지시했다.

"싱."

"예. 선장님……."

"조선 경비대원들에게 허가증을 보여드려."

"예……."

30살 정도 되어 보이는 선원에게 지시했고 선원은 대원과 함께 선실로 향했다.

그리고 두리번거리다가 당황한 듯한 모습을 보였다.

갑판 위로 나와서 어부에게 말했다. 선원의 보고를 듣고 어부가 크게 난감한 표정을 지었다.

"죄송합니다. 원래 허가증이 있는데 오늘 깜빡한 것 같습니다……."

대원의 통역을 듣고 경비대장이 고개를 끄덕였다. 그리

고 단호하게 지시했다.

"허가증이 없으면 불법이다. 전원 체포해서 경비정에 승선시켜라."

"예! 대장님!"

말을 알아들을 순 없어도 분위기는 알 수 있었다.

선원들과 선장의 손목에 수갑이 채워졌다.

그리고 경비대원들에게 압송되면서 경비정으로 옮겨 타게 됐다. 어부가 소리치면서 발버둥 쳤다.

"허가증이 있다니까요! 저희들은 허가를 받고 고기를 잡은 겁니다!"

퍽!

"윽!"

몸부림치다가 반항으로 간주되어서 곤봉에 맞았다.

직후 어부는 더 이상 거짓말을 할 수 없게 되었고 선원들은 덜덜 떨면서 조선 경비대의 지시대로 따를 수밖에 없었다.

한 대원이 어창을 열었다가 펄떡이는 고기를 보고 수신호를 보냈다. 그리고 배 조종에 능한 승조원 두명이 타서 어부의 배를 나포해 경비정과 함께 항구로 돌아갔다.

어선은 항구에서 해체되었고 잡힌 물고기는 모두 바다에 풀려났다. 그리고 어부와 선원들은 두달 동안 수사를 받고 재판을 받았다.

처벌을 걱정하면서도 1년 정도의 노역 혹은 벌금 정도로 끝날 것이라고 생각했다. 그것이 여태 단속되어 체포되었던 다른 어부들이 경험했던 전례였다.

그들 또한 그런 전례를 따를 것이라고 생각했다.

재판장이 손에 들린 판결 주문을 읽었다.

"피고, 여극 외 5인은 조선 정부의 허가 없이 조선의 경제 수역에서 불법 어로 행위를 벌였기에 그 혐의가 증거로 충분히 입증되면서 명백하다! 따라서 재판관은 피고들에게 어업법에 관한 특례법을 따라서 가석방 없는 징역 5년을 선고하는 바다! 교도관은 피고를 압송하시오!"

역관을 통해 형량을 전해 듣고 어부와 선원들이 크게 소리쳤다.

"5… 5년이라니!"

"집에 처와 자식들이 굶어죽습니다!"

"한번만…! 한번만 봐주십시오! 재판장님!"

잘못을 빌고 용서를 구했다. 하지만 판결을 내린 판사는 그들을 쳐다보지 않고 그대로 돌아서서 나갔다.

조선 근해에서 불법 조업을 한 중국 어부들이 처벌을 받았고 그 소식이 조선 전역에 알려졌다.

새소식 방송을 통해 사람들에게 알려지고 다음 날 신문을 통해서 사람들은 한번 더 사건의 정황을 확인했다.

중국인들이 조선의 근해에서 고기를 잡는 것에 대해 매우 불쾌하게 생각했다.

"자기나라 바다를 두고 어째서 우리 바다에 와서 고기를 잡는 거야?"

"그러게 말이야."

"도둑과 다를 바 없잖아. 이놈들 때문에 중국에 대한 인식만 나빠져. 우리 우방인지 의심이 들어."

조선인들의 인식이 나빠지고 있었다.

조선 정부로부터 허가를 받고 조업을 하는 중국 어선에 대해서도 인식이 나빠졌다.

정식 허가를 받고 서해에서 고기를 잡은 중국 어선이 제물포항에 입항했다. 어항에 입항해서 허가증을 보이고 어창에 치어가 있는지를 확인받았다.

그리고 산란기에 맞춰서 금어로 지정된 고기를 잡지 않았는지 확인받았다. 조선 관리들의 조사가 꼼꼼했다.

책임자가 선장에게 와서 말했다.

"이상 없구려. 조업을 한 세금을 내거나 잡은 고기 중 1할을 대신하면 되오. 세금으로 하겠소, 고기를 내놓겠소?"

"고기로 하겠습니다."

"알겠소. 관리들을 보낼 테니 어창에서 고기를 꺼낼 준비를 하시오. 그리고 이 서류에 서명을 하면 되오."

문서에 한문으로 이름을 쓰면서 서명했다.

그리고 선원들에게 어창에서 고기를 꺼낼 준비를 하라고 말했다. 세금 대신 고기를 내놓기로 하고 관리가 오기를 기다렸다.

그때 어항을 오가는 조선인들의 이야기가 들렸다.

"저놈들 중국인들 아냐?"

"도둑놈 자식들. 왜 저리 사나 몰라."

"……."

조선에서 몇 년 동안 산 적이 있는 어부였다.

때문에 그들이 무슨 말을 하는지 알고 있었고 그것은 중국인인 자신과 선원들에 대한 욕이라는 것을 알았다.

멱살을 잡고 아니라고 말하고 싶었지만 그렇게 했다간 중국인에 대한 인식이 더더욱 나빠질 것이라고 생각했다.

결국 어창에서 고기를 꺼낼 때까지 아무 말도 못했다.

그저 상한 감정을 하며 만선에 가까운 고기를 싣고 집으로 돌아가는 수밖에 없었다.

조선 근해에서 불법 조업한 중국 어부들의 소식이 중화민국에도 전해졌다.

어촌 사람들이 신문을 읽으면서 분통을 터트렸다.

"배를 빼앗기고 해체 당했다니?"

"세상에, 징역 5년이야. 형량이 왜 이렇게 높아졌어?"

"조선이 우리 어민들 때문에 피해를 입었다고 해. 아무래도 불법 조업이 최근에 늘어나서 단속과 처벌을 강화시켰나 봐."

"이렇게 되면 우리보고 어떻게 살라는 거야……?"

불법이든 합법이든 생업이었다. 바다에 나가 고기를 잡는 것만이 먹고 사는 길이었고 가족을 위한 길이었다.

한문을 아는 어민을 통해 소식을 듣고 걱정하기 시작했다. 그리고 같은 마을에 사는 한 이웃에 대한 이야기를 들었다.

조선 해안경비대에 체포되어 재판을 받은 선장의 부인이

마을 안에서 살고 있었다.

그녀가 집에서 나와 사람들에게 도와 달라고 말했다.

"대신 집안일이라도 해드릴 테니까, 부디 도와주세요. 일감을 주세요. 집에 아이들이 있어요."

선장 부인의 모습을 보면서 마을 사람들이 안타까워했다. 하지만 그녀에게 집안일을 맡길 수 있을 만큼 유복한 가정이 없었다. 그리고 그런 사람들은 절대 그녀에게 일을 맡기지 않았다.

남편이 조선에서 5년의 옥고를 치르는 동안 그녀는 홀로 힘든 인생을 살아야 했다. 먹고 살기가 막급했다.

그녀의 모습을 보면서 다른 어부들이 이야기했다.

"절대 잡혀서는 안 돼."

"그래."

"잡히면 우리 아내와 가족도 저 여인처럼 될 거야."

불법조업을 하지 않아야 된다는 생각보다 절대 조선 해안 경비대에 걸리지 말아야 한다는 생각을 했다.

그리고 어선을 정비하고 긴장 된 마음으로 바다에 나갔다. 중국 근해에서 고기를 잡으려고 그물을 던졌다.

그때 멀리서 배 한 척이 와서 선측을 붙였다.

인상 험악한 사람들이 와서 멱살을 잡았다.

"누가 감히 우리바다에서 고기를 잡으래?! 조업세 냈어?!"

"아니요… 하지만 조업세는 정부에…….."

"뭐?! 다시 말해 봐!"

"그…그게…… ."

"죽고 싶어서 환장했군! 어디서 감히!"

쫙!

"윽!"

쫙!

"컥!"

대꾸를 했다가 뺨을 맞았다. 그리고 침을 맞으면서 어선에 옮겨 탄 사람들에게 경고를 들었다.

그들은 삼합회의 무리 중 한 집단이었다.

"한번만 지껄여 봐! 이 도끼에 손모가지가 잘려나갈 테니까! 다시는 우리 바다에서 조업하지 마라! 시체가 되어서 고기밥이 되기 싫으면 말이야! 어창에 있는 고기를 전부 다 빼!"

"…… ."

무뢰배들의 지시를 따를 수밖에 없었다.

그렇게 하지 않으면 목숨이 위험했고 실제로 손목이 잘려나가 생업을 잃은 사람들도 있었다.

결국 어창에 실린 고기 한마리까지 삼합회 무리들에게 빼앗겼다. 그대로 집에 돌아가면 결국 돈이 없어서 궁해질 수밖에 없었다.

선원들의 생활을 책임지는 선장이 결단했다.

"조선으로 가자…… ."

"예……?"

"정말로 조선으로 가서 고기를 잡을 수밖에 없어… 그것만이 살 길이야……."

　조선 근해에서 불법 조업을 벌일 생각을 했다.

　뱃머리를 동쪽으로 맞추고 하루 동안 달려서 풍족한 어장에 이르렀다. 그물을 던지자 바로 고기가 올라왔다.

　그것을 보고 잔뜩 긴장이 되면서도 만선의 기쁨을 누릴 수 있다고 생각했다.

　그때 확성기 소리가 울려 퍼졌다.

　—무국적 어선에 통보한다! 국기를 올리고 본 함정이 갈 때까지 정선하라! 반복한다! 무국적 어선에 통보한다! 국기를 올리고 본 함정이 갈 때까지 정선하라!

　"이런!"

　"조선 해안경비대입니다! 선장님!"

　마치 중국인이라는 것을 알고 있다는 듯이 중국말이 확성기에서 울려 퍼지고 있었다.

　조선 해안 경비대의 경비정이 물살을 가르면서 달려왔다. 어선의 선원들은 급히 그물을 거두고 각자의 위치로 돌아가서 배를 움직이기 시작했다.

　기관의 출력을 최대로 높이고 조선 경비정을 떨어트리기 위해 안간힘을 썼다.

　그러나 끝내 따라잡혀서 정선하게 됐다. 다리가 놓이고 그 위로 경비대원들이 건너면서 어선 위로 올라왔다.

　경비대장이 어선으로 올라와서 급히 선장을 찾았다.

　"선장이 누구요?"

　"……."

침묵 속에서 대원의 통역이 이뤄지고 선원들이 오직 한 사람을 쳐다봤다. 그에게 경비대장이 물었다.

"어째서 도주한 거요?"

"그게……."

"됐고, 조업 허가증부터 보여주시오. 도망친 것을 보아 없어 보이지만……."

나포 절차를 밟기 시작했다. 조업 허가증의 유무를 경비대장이 확인하려 하자 눈치를 살피던 선장이 선실로 향했다.

"따라오시오……."

허가증이 있는 것 같은 모습에 대원들이 어리둥절했고 선원들이 의아하게 생각했다.

선장이 앞장서서 선실로 향하자 그 뒤를 경비대장이 따르면서 안으로 들어갔다.

서랍장을 뒤지는 선장을 뒤에서 지켜보면서 어떤 허가증이 나올지 궁금하게 여겼다.

어선이 도주했던 사실을 기억하면서 절대 옳은 허가증이 있을 것이라고 생각하지 않았다.

그때 선장이 서랍에서 무언가를 꺼냈다.

"허가증이오?"

"예……."

"보여주시오."

경비대장이 손을 내밀자 선장이 신속히 몸을 돌렸다.

그리고 경비대장은 하복부에서 뜨끔한 느낌을 받았다.

몸에서 기운이 급속도로 빠졌다.

"커헉……!"

긴 칼이 그의 옆구리에 박혀 있었다.

선실에서 나온 선장이 다급히 선원들에게 외쳤다.

"배 밖으로 밀어내! 어서!"

"……?!"

선장의 지시에 선원들이 움직였다.

곁에 있던 조선 경비대원들을 밀어냈고 기습을 받은 대원들이 바다 위로 떨어졌다.

그사이 쓰러진 경비대장이 기어 나와서 크게 소리쳤다.

"바…발포!"

직후 총성이 울려 퍼졌다. 우왕좌왕 하던 대원들이 끝내 권총을 꺼내 저항하는 선원들을 향해서 총을 쐈다.

총탄에 맞은 선원들이 쓰러지고 도망치려던 선장은 머리에 총알을 맞으면서 그대로 즉사했다.

갑판이 피바다가 되면서 참혹한 풍경이 됐다.

배 위에서 떨어지는 핏물이 바다를 물들이기 시작했다. 대원들이 다급히 움직였다.

"대장님을 후송해! 어서!"

다음 날 조선 전역이 뒤집어졌다.

가판대에 꽂힌 신문이 바닥나고 며칠 동안 새소식에서는 중국 어부들이 조선 해안경비대에게 위해를 사한 사실이 방송됐다.

특히 칼에 찔려서 후송된 경비대장의 이야기가 전해졌

다. 모든 조선인들의 그에게 관심을 갖고 걱정했다.

신문을 든 두 청년이 이야기하고 있었다.

"어?"

"왜? 무슨 일이야?"

"저번에 중국인 선장이 찌른 칼에 부상당했던 해안경비대 대장 말이야. 어젯밤에 눈을 떴다는데."

"뭐, 진짜?"

"그래."

"정말 다행이다. 죽는 것은 아닌지 그렇게나 걱정했는데 깨어나서 참으로 잘됐어."

경비대장이 깨어남에 사람들은 환하게 웃으면서 다행이라고 생각했다.

그리고 그에게 칼을 휘둘렀던 중국인 선장에 대해서 비난을 가했고 총상을 입은 채로 체포된 선원들이 받게 될 형량에 관심을 뒀다.

선원들에 대한 강한 처벌이 이뤄지길 원했다.

"요즘 불법 조업하다 걸리면 몇 년이었지?"

"5년이었나?"

"그러면 이번에는 대체 몇 년이야? 최소한 종신형 정도는 나와야 되는 거 아닌가? 선장이야 칼을 휘둘렀으니 사형이고 말이야. 물론 곧바로 사살되긴 했지만……."

한 청년이 자신의 감정을 드러냈다.

"마음 같아선 모조리 죽였으면 좋겠어. 그래야 다음에 그런 반항을 하지 않지. 대체 어떻게 공정한 절차를 지키

는 해안경비대에게 해를 입힐 수 있어? 나는 중형이 선고
되어야 한다고 봐."

그 말에 다른 청년들도 동조했다.

"내 생각도 그래."

"나도 마찬가지야."

"이 일은 절대 그냥 넘어가서는 안 되는 일이야."

청년들의 이야기가 민심이었다. 그리고 그 민심은 정확
하게 이희와 조정 대신들에게도 전해졌다.

내부대신인 이시영과 총리인 김인석이 이희를 알현했
다. 신문을 읽던 이희가 그것을 책상 위에 내려다놓고 두
사람에게 물었다. 체포된 선원들에 대한 형량을 물었다.

"이번에 사로잡힌 중국인 선원들의 형량은 얼마일 것 같
나?"

김인석이 대답했다.

"법부대신과 이야기를 해본 결과 약 20년 형으로 예상한
다고 합니다."

"어째서?"

"반항을 하고 해안경비대 대원들을 밀기도 했지만 흉기
를 휘두른 것도 아니기에 그 정도 선에서 끝날 것 같다 합
니다. 물론 선장과 함께 계획해서 우리 해안경비대 대장
을 해쳤다면 최소 종신형이겠지만, 선장의 독단으로 벌어
진 일에 무게가 실리는데다가 연관성 입증이 힘들어서 20
년 형으로 예상하고 있습니다. 중요한 것은 후속조치입니
다."

김인석의 이야기를 듣고 이희가 납득하면서 고개를 끄덕였다. 그리고 후속조치에 대해서 물었다.

"짐이 어떻게 해야 되겠는가?"

이희의 물음에 다시 김인석이 말했다.

"우리 해안경비대의 지휘자가 상해를 입은 만큼 불법 어로 행위를 벌인 이가 해안경비대의 통제를 따르지 않을 경우에 강한 처벌이 필요합니다. 무엇보다 즉각 조치가 필요합니다."

"즉각 조치라면 어떤 조치를 말인가?"

"정선을 비롯한 통제 불응 시 어선에 대한 경고와 격파 사격 조치, 승선 이후 선원이 물리력을 동원해 반항할 경우 발포 명령으로 범죄자들을 단번에 제압하는 조치입니다. 이를 해안경비대에 황명으로 지침을 내리셔서 우리 백성들의 성난 민심을 달래셔야 됩니다. 오히려 강한 조치가 없으면 중국에 대한 백성들의 민심만 악화됩니다."

중국인이라고 하면 조선 만민이 이를 갈았다.

그리고 해안경비대의 경비대장이 다친 이후 그 분노는 극에 달해 있었다.

이희가 고개를 끄덕이며 황명을 내렸다.

"내부대신."

"예. 폐하."

"총리가 이야기한 대로 짐의 황명을 조치로 전하라."

"황명을 받들겠습니다. 폐하."

그리고 다시 김인석이 말했다.

"외부를 통해서 중화민국 정부에도 알리셔야 됩니다."

중요한 것은 중국이 조선의 강경조치를 알아야 했다.

그래야 경계할 수 있었고 두려워할 수 있었다.

김인석의 충언대로 이희가 황명을 내렸고 곧바로 외부대신인 민영환에게 전해졌다.

중화민국 정부로 조선 조정의 조치가 전해졌다.

보고를 들은 손문이 크게 놀랐다.

"불법 조업을 일삼는 어선에 대해 경고 후 격파 조치를 벌이겠다고……?"

"예! 각하!"

"어…언제부터 말입니까?!"

"다음 달부터입니다! 보름조차 남지 않았습니다!"

"맙소사!"

경고가 전해졌을 때 통제를 따르면 문제가 없지만 따르지 않았을 경우에 이뤄지는 조치는 충격 그 자체였다.

'격파'라는 단어가 주는 압박감이 엄청났다.

그동안 교양을 갖추지 않았던 중화민국인들이 무신경하게 위법 행위를 저질렀다가 화를 자초하지 않을까 두려웠다.

조선의 신경을 거슬리게 하는 것보다 한명의 국민이 소중했다. 그들이 조선의 총알 세례에 죽을까 걱정했다.

즉시 조치를 내렸다.

"조선의 강경 조치를 국민에게 알리십시오! 특히 해안과 항구 주변에 거주하는 모든 어민들에게 신속 정확히 말입니다! 여태 해온 것처럼 해왔다간 조선이 가만히 있지 않을 겁니다!"

"예! 총통 각하!"

손문의 지시가 중국 전역에 전해졌다.

특히 해안가 관청엔 빠짐없이 지침이 전해지면서 항구와 어항 곳곳마다 방문이 붙고 신문까지 돌려졌다.

신문을 읽는 중국 어민이 크게 충격 받았다.

"도망치면 경고… 후에 격파 조치를 취한다고……?"

"정말로 그렇게 쓰여 있어?"

"그럼! 조선 근해에서 불법 어로 행위를 하다가 단속될 때 도망치면 경고 후에 격파 사격 조치가 이뤄질 거라고 쓰여 있어! 이러면 우린 어떻게 하라는 거야?"

보고 듣는 이야기가 믿어지지 않았다.

한 어민이 떨리는 목소리로 말했다.

"공갈 아냐…? 설마 정말로 격파 사격을 벌이겠어…? 그래도 조선은 우리 동맹국이잖아…….''

기사 내용을 의심하자 다른 어민이 그 말을 부정했다.

"정말로 쏠 수도 있어…….''

"조선 해안경비대의 지휘관이 크게 다쳐서?"

"그래. 입장을 바꿔서 생각해 봐. 우리가 조선처럼 강한 나라에 불법 어로 행위를 벌이는 외국인 선장에 의해 칼에 찔리고 상해를 입었다면 아마도 나라가 뒤집어졌을 거야. 경고고 뭐고 아예 격침시켜야 된다고 말하게 될 걸? 조선 편을 드는 것은 아니지만, 정말로 놈들은 쏠 수 있어."

이웃 어민들에게 조선의 조치를 경계해야 된다고 말했

다. 그 와중에도 조선이 쉽게 발포할 수 없을 거라고 생각했다.

"총으로 쏘는 것이면 몰라도 배를 쉽게 격파하겠어? 내가 볼 땐 아니라고 봐."

"격파한다고 하잖아."

"그러니까. 그게 공갈이라니깐. 그 전에 우리가 바다로 나가지 못하면 먹고 살 수가 없어. 정말로 조선이 그렇게 하는지 보고 움직여도 늦지 않아. 당장은 우리가 살아야 해."

어쩔 수 없는 이유와 아직 조선이 조치를 취한 것을 본 적이 없기에 실감하지 못했다.

하던 대로 하는 수밖에 없었다. 그래야 하루치든 열흘이든 한달이든 먹고 살 수 있었다.

어선들이 어항에서 출항해 조선 근해에 이르러 조업을 벌였다. 그리고 조선 경비정이 출현했다.

―조업을 멈추고 정선하라! 통제를 따르지 않으면 배를 격침시키겠다!

중국말로 확성기 소리가 울려 퍼졌다.

고기를 잡던 어부들이 그물을 놓았다.

그들의 어선은 경비정보다 느리다는 것을 알고 있었다.

"배끼리 붙여! 그리고 조선 해안경비대 대원들이 못 넘어오도록 막아!"

"방패 들어!"

마치 연환계를 펼치는 것처럼 선장들의 지시대로 배끼리 붙고 그 위로 사람이 뛰어 다닐 수 있게 됐다.

경비정들이 달려옴에 철판을 덧댄 방패를 선원들이 들었다. 그리고 한 손에 방패를 들고 다른 손에는 죽창을 들었다. 그 모습을 보고 조선 경비정의 승조원과 경비대 대원들이 혀를 찼다.

"저놈들 대체 뭐하는 거야?"

"우리가 배에 오르지 못하도록 막을 심산인가 본데?"

"성을 지키는 것도 아니고. 나 원."

대원 중 하나가 경비대장에게 물었다. 그는 부상당했던 경비대장이 아닌 다른 경비대장이었다.

"아무래도 저항할 심산인 것 같습니다. 총으로 발포합니까?"

"아니. 경비정의 기관포로 어선 한 척을 격침시킨다."

"중국인 선원들이 없는 어선을 향해서 말입니까?"

"그래."

"어선의 유류가 샐 텐데 바다가 오염되지 않겠습니까?"

"유조선도 아니고 이 넓은 바다에서 어선 한 척의 기름이 새봤자 얼마나 물들겠나. 저렇게 저항하는 것도 도망치는 것과 다를 바 없으니 지침대로 어선을 격침시킨다. 촬영기로 저들의 모습을 잘 촬영해."

"예. 대장님."

지시를 내리고 곧바로 확성기를 켜서 마지막 경고를 전했다.

─통제를 따르고 그만 저항하라! 그렇지 않으면 배를 격침시키겠다!

"⋯⋯!"

놀란 기색은 있었지만 방패와 죽창을 거두지 않았다.

그 모습을 보고 대장이 다시 지시를 내렸다.

"발포하라."

"예! 대장님! 발포!"

기이잉~! 드드드드득!

퍼퍼퍼퍽! 쾅!

"헉?!"

"우리 배가⋯⋯?!"

경비정의 전동 개틀링이 불을 뿜었고 중국인 선원들이 서 있지 않은 배로 총탄이 빗발치듯이 날아들었다.

선측에 수많은 구멍을 내고 넝마로 만들면서 안의 기관을 분쇄시켰다.

그리고 총탄이 일으키는 마찰에 불꽃이 일어나면서 유류에 불이 붙었다. 폭발과 동시에 방패를 들고 있던 중국인 선원들이 일제히 쓰러졌다.

가라앉는 어선을 보면서 숨이 턱 막히는 것을 느꼈다.

믿기 힘든 광경을 쳐다보고 있었다.

"정말로 우리 배를 격침시키다니⋯⋯?!"

"이럴 수가⋯⋯!"

조선이 세상에 알린 조치가 정말로 이뤄졌다.

선원들은 괜히 고기를 잡으러 나왔다는 생각이 들었다.

저항하면 반드시 죽을 것이라는 생각이 들었고 잡히면 최소한 5년 이상 옥고를 치를 것이라는 생각이 들었다.

166

게다가 반항을 했기에 어쩌면 10년 동안 집에 돌아갈 수 없을 수도 있었다.

그럼에도 죽는 것보다 사는 것이 훨씬 나았다.

—한번 더 경고를 전한다! 통제를 따르고 그만 저항하라! 그렇지 않으면 배를 격침시키겠다!

정말로 마지막 경고 같았다.

결국 조선의 의지를 시험했던 중국인들은 순순히 해안경비대의 통제를 따를 수밖에 없었다.

손에 수갑이 채워지고 경비정에 올라타면서 압송됐다.

그 소식이 조선과 중화민국에 함께 알려졌고 어선이 격파됐다는 소식도 함께 알려졌다.

조선이 예고한 대로 조치를 취하자 수많은 중국인들이 크게 충격을 받았다. 특히 어민들이 술렁였다.

"정말로 우리 어선을 격침시키다니!"

"이렇게 되면 조선 근해에서 고기를 잡을 수 없게 되는 거잖아. 이제는 정말로 도망도 못 쳐."

"우리 근해에서도 고기를 잡을 수 없고, 대체 우리보고 어떻게 먹고 살라는 거야?"

"우리에게 살 방도를 찾아달라고 관청으로 가서 말해야 돼."

절대로 가만히 있을 수 없었다.

가만히 있다간 아무것도 못하고 굶어 죽을 판이었다.

어민들이 나서서 관청으로 향해 항의를 벌였다.

그에 관청의 공무원들은 조선 근해에서 불법조업을 하지

않으면 되는데 왜 난리를 부리냐는 식으로 말했다.

　결국 어민들의 마음이 상했다. 민심이 폭발했고 해안도
시 곳곳에서 시위가 일어났다.

　분노의 화살이 곳곳으로 뿌려졌다.

　"정부는 위험하게 우리 어선을 격파한 조선 정부에 어째
서 항의 한번 못하는가?!"

　"우리는 살기 위해 고기를 잡을 뿐이다!"

　"우리 근해에서 고기를 잡고 싶다! 조치를 취해달라!"

　"와아아아~!"

　그저 사방으로 화살을 쏘기만 한 것은 아니었다.

　중국 근해에서 어업을 벌일 수 있도록 조치를 취해달라
고 요구하기 시작했다. 그 길만이 살 길이었고 조선 근해
에서 불법 조업을 하는 길은 죽는 길이었다.

　방송에서 적지 않은 시위대의 모습이 영출기를 통해서
방영됐다. 그리고 어민들의 외침이 손문에게 닿았다.

　시위대가 일어난 것을 본 손문이 무거운 마음으로 그들
의 살 길을 열려고 했다.

　중국 근해에서 조업할 수 없는 이유부터 알고자 했다.

　"우리 어민이 근해에서 고기를 낚지 않고 조선 근해에 가
서 불법 조업을 벌이는 이유부터 알아야 합니다. 이유를
파악했습니까?"

　내무장관인 '서세창'에게 물었고 보고를 들었다.

　"파악한 결과 두가지의 이유가 있습니다."

　"두가지 이유가 뭡니까?"

"한가지는 어민들에게 어선 공급이 늘면서 바다에 나가 고기를 많이 잡을 수 있게 되었는데 치어까지 가리지 않고 있는 대로 잡다 보니 황폐화된 어장들이 생겨났습니다. 이 것이 첫번째입니다. 그리고 두번째는 삼합회입니다."

"삼합회?"

"그나마 남아 있는 좋은 어장을 삼합회 무리들이 장악했습 니다. 놈들이 우리 어민들에게 조업세를 요구하고 있습니 다. 때문에 밀려난 어민들이 생업을 위해 조선 근해에서 조 업을 벌이고 있습니다. 삼합회에 대한 응징과 어장 회복만 이뤄지면 이 일로 조선과 충돌을 일으킬 이유도 없습니다."

"그러면 삼합회에 관해선 우리가 조치를 취하고 어장 회 복에 관해선 조선에 도움을 요청해야겠군요."

"예. 각하."

"우리 국민이 잘못하긴 했지만 그저 법대로 처벌하는 것 으로만 끝나서는 양국 국민의 감정만 악화될 뿐입니다. 외 무장관에게 지시를 내릴 테니 내무장관은 삼합회를 엄단 하기 바랍니다."

"알겠습니다."

조치를 내려서 중국 어민이 근해에서 고기를 잡을 수 있 도록 만들려고 했다. 그리고 고기를 잡을 수 없는 원인 두 가지를 없애려고 했다.

그중 첫째는 삼합회에 관한 것이었다.

좋은 어장을 차지하고 어민들로부터 조업세 명목으로 갈 취하는 것은 물론이거니와 내륙에서도 보호세 명목으로 갈취하는 삼합회에 관해서 조사해본 결과 그 규모가 상당히 크고 여러 조직이 있다는 것을 알게 됐다.

거기에 중화민국 공안의 일부 요원들과도 엮여 있다는 것을 알았다. 처음에는 알아서 하려 했지만 예상보다 큰 세력에 어쩔 수 없이 조선에 도움을 요청하게 됐다.

그러한 보고를 이희가 받았다.

"우리 경찰에게 도움을 요청했다고?"

"예. 폐하."

"중화민국의 삼합회가 그리 크단 말인가?"

김인석과 이시영, 민영환이 앞에 앉아 있었다.

민영환이 이희에게 보고했다.

"이번에 제대로 조사해본 결과 말 그대로 전쟁을 치러야 할 정도로 크다고 합니다. 그래서 외부를 통해서 정식 지원 요청을 했습니다. 수사는 중화민국 공안이 벌이되, 격퇴에 관한 지원이 필요하다고 합니다. 우수한 전투 경찰이 필요하다고 합니다."

민영환의 보고를 듣고 이희가 고개를 끄덕였다.

그리고 이시영에게 물었다.

"경찰 중에 중국을 도울 수 있는 정예 경찰이 있는가?"

"예. 폐하."

"그러면 속히 선발해서 손문의 정권을 도우라. 백성들의 어장을 지키기 위해서라도 중국의 삼합회 무리들을 없애야 한다."

"신도 우수한 전투 경찰을 보내야 한다고 생각했습니다.

하온데 총리대신께서 더 좋은 생각을 내셨습니다."

"총리가?"

"예. 폐하."

김인석을 향해 이희가 시선을 돌렸다.

"좋은 생각이라니?"

물음에 김인석이 대답했다.

"중화민국 정부에서 전쟁이라는 단어를 쓸 정도로 삼합회의 세가 큽니다. 그렇다면 신은 경찰을 파견하셔서 해를 입게 되는 것보다 군 투입이 이뤄져야 한다고 생각합니다."

"군 투입이라고?"

"예. 폐하."

"중국 정부에서 군대를 원한 것도 아니고, 그 국민 또한 바라지도 않는데 파병이 가능하겠는가?"

내정간섭을 우려하는 중국 국민들의 인식을 이희가 우려했다. 그러자 김인석이 의미심장한 미소를 드러냈다.

"안 그래도 신이 특무대신과 그 부분에 대해서 이야기를 했습니다. 그리고 좋은 수를 찾았습니다."

"어떤 수를 말인가?"

"특임대 정예 대원 중 일부를 경찰에 소속시키는 겁니다. 물론 군의 장비를 모두 소지한 채로 말입니다. 그러면 경찰을 통해서 군사작전을 벌일 수 있습니다."

김언석이 말한 것은 그가 역사로 배운 대한민국 분단 시대에서 '민정경찰'이라 불리는 존재를 끄집어낸 것이었다.

군인임에도 경찰에 속할 수 있는 방법을 듣고 이희가 고개를 끄덕였다. 그리고 즉시 황명을 내렸다.

"중화민국 공사관에 연락해서 정예 전투 경찰을 파견하겠다는 것을 전하라. 또한 총리는 군부대신과 내부대신과 협의해 특임대 일부 대원들의 신분을 일시적으로 경찰청에 속하게 하라. 조선의 검으로 독버섯처럼 자라는 중국의 삼합회를 벨 것이다."

"황명을 받들겠습니다. 폐하."

정예 전투 경찰을 지원하겠다는 답변이 중국 공사관에 전해졌다.

답변을 들은 중국 정부는 환호할 수밖에 없었다.

불법 어로 행위로 양국 사이가 소원해지는 줄 알았지만 삼합회 퇴치에 함께 힘을 모으기로 하면서 결국 두 나라는 우방이며 혈맹이라는 것이 증명됐다.

신문을 읽는 조선 백성들의 반응이 있었다.

"중국 어민들이 우리 근해에 와서 불법 조업을 하는 이유가 있었구먼."

"삼합회라는 놈들이 어장을 쥐고 자릿세를 요구하다니."

"중국이 세워질 때 혁명군에 힘을 더했던 무리들 중 일부라는데, 그래서 중국 정부가 제대로 상대할 수 없었나 봐. 아무래도 연줄도 있고 돈으로 무기도 살 수 있었겠지."

"부패한 청조를 물리친 자들이 이렇게 변질되다니……."

내막을 알고 중국 어민들에 대한 동정이 펼쳐지기 시작했다. 그리고 조선을 위해 삼합회를 제거해야 된다는 여론이 일어났다.

새소식과 신문을 통해서 며칠 동안 사람들에게 소식을 전하자 중국에 대한 안 좋은 여론이 많이 사라지게 됐다.

그리고 관광을 오는 중국인들도 어느 정도 조선 법을 존중하고 쓰레기를 함부로 버리지 않으면서 인식이 좋아졌다.

중국에서도 삼합회를 없애야 된다는 여론이 일어났다.

새소식과 신문을 통해서 사람들이 주먹을 치켜들었다.

"이제는 싸워야 해!"

"그래!"

"우리 어장에서 고기를 잡아야 하는데 조선 근해로 가서 불법 조업을 벌여야 하다니! 이게 대체 무슨 망신이야?! 우리 어장을 쥐고 조업세를 요구하는 놈들을 박살내야 해!"

"옳소!"

중국 어민들이 목청을 높였다.

그뿐 아니라 내륙 장터에서도 보호세를 요구하는 무뢰배들을 척결해야 된다고 입을 모았다.

그 민심이 중국 정부와 손문에게 전해졌다.

손문이 언론을 통해 중대발표를 예고했다.

1억이 넘는 중국 국민이 그가 어떤 말을 전할지 영출기 앞에 삼삼오오 모였다. 부호의 영출기 앞에 모이거나 관청의 영출기 앞에 모였다.

직접 볼 수 없는 사람들은 후에 손문이 어떤 말을 했는지 다른 사람 입을 통해서 들으려고 했다. 집무실 책상 앞에 앉은 손문이 촬영기 앞에서 단호한 표정을 짓고 입을 뗐다.

[중화민국 국민 여러분. 저는 오늘 이 자리에서 범죄와의 전쟁을 선포합니다.

여태 부당하게 우리 국민의 재산을 빼앗고, 신체를 상하게 하면서 협박을 일삼았던 악의 무리들을 반드시 퇴치해, 이 나라가 정의가 살아 있는 나라라는 것을 증명할 것입니다. 또한 강한 처벌로 그들을 응징하고 죄를 짓는 것이 얼마나 무섭고 두려워해야 되는 일인지, 이 나라 악인들에게 반드시 본보기를 보여줄 것입니다.

공직자들에게 말합니다. 그리고 삼합회에게 말합니다.

지금부터 범죄자들의 뒤를 살펴주는 공직자는 대역죄인으로 여겨 엄벌에 처할 것이고, 삼합회로 칭해지는 모든 죄인들에게 나라를 도탄에 빠트린 책임을 반드시 물을 것입니다.

중화민국에서 더 이상 죄인이 떳떳하게 고개를 들고 살 수 없도록 만들 것입니다.

이상입니다.]

삼합회에 대한 중국 정부의 전쟁 선포가 이뤄졌다.

그리고 조선의 특임대가 그 전쟁에 뛰어들었다.

이웃이 평안해야 조선도 평안할 수 있었다.

삼합회의 척결은 조선 백성을 지키는 일이기도 했다.

범죄와의 전쟁

[지금부터 범죄자들의 뒤를 살펴주는 공직자는 대역죄 인으로 여겨 엄벌에 처할 것이고, 삼합회로 칭해지는 모든 죄인들에게 나라를 도탄에 빠지게 만든 책임을 반드시 물을 것입니다. 중화민국에서 더 이상 죄인들이 떳떳하게 고개를 들고 살 수 없도록 만들 것입니다.]

손문의 선포가 영출기 안에서 이뤄졌다.

그것을 지켜보면서 미간을 바짝 조인 사람들이 있었다.

그들은 사람들에게 삼합회라 불리는 무리의 사람들이었다.

삼합회 중에 '매방파'라 불리는 무리가 있었다.

그들은 상해에 거점을 두는 큰 삼합회 무리로 중국 근해에서 조업세를 갈취하는 자들이었다.

상해 북쪽 시가지에 위치한 한 10층 건물 최고층 회의실에 매방파 간부들이 모여서 영출기를 보고 있었다.

간부 중 일부가 인상을 굳히면서 정부의 선포를 두고 걱정하기 시작했다.

"우릴 두고 하는 이야기잖아?"

"총통 각하께서 우리에게 책임을 물으시겠다니……."

"이러다가 정말 큰일 나는 거 아냐?"

간부들의 술렁임에 소파에 기대어 앉아 있던 두목이 앞으로 몸을 기울이면서 말했다.

"이런 날이 올 줄 몰랐어? 왜 그래? 이러다가 다 죽을 것 같아?"

"그게… 두목……."

"너희들이 겁을 내는 것은 위정자들에 대해서 잘 모르니까 그러는 거야. 여태 공안이 우리 뒤를 봐주고 있었잖아. 높으신 분들은 적당히 하는 모양새만 취하고 끝낼 테니까 걱정하지 말고 세나 거둬. 정말로 우릴 건드리진 않을 테니까. 여차하면 전쟁을 치르면 돼."

회의실 뒤로 무기들이 있었다.

권총과 소총이 있었고, 회의실에 보이지 않았지만 지하에는 맥심 기관총도 보관되어 있었다.

탄약도 어느 정도 비축되어 있어서 공안이 매방파에 대

한 체포를 벌일 경우 상해를 전쟁터로 만들 수 있다고 생각했다.

시민들이 피해를 입으면 결국 비난을 듣게 되는 손문이 삼합회에 대한 전쟁을 중단하고 일정 정도 선에서 협상이 이뤄질 것이라고 생각했다.

매방파 두목이 지하실로 향했다.

창고 문을 열자 거기서 머리가 아찔해지는 향기가 느껴졌다.

그가 조직원들에게 지시했다.

"혹시 모르니 아편을 팔아서 미리 무기를 구입해 놓도록 해. 지금은 아편보다 무기의 수가 더 중요하니까."

"예. 두목."

"그리고 우리와 적대하는 화신패에 사람을 보내서 한시적으로 휴전을 맺자고 전해. 각하라는 분이 잠잠해질 때까지 말이야. 지금은 다른 삼합회와 세력 싸움을 벌일 때가 아니다. 힘을 하나로 합쳐야 돼."

"알겠습니다. 두목."

별일 아닐 것이라고 생각하면서도 속으로는 걱정했고 나름의 방비를 벌이려고 했다.

어느 순간에 나라 전체를 상대해야 할 텐데, 그것을 이기려면 다른 삼합회와도 힘을 합쳐서 견뎌내야 한다고 생각했다.

그렇게 대비를 하면서 잔뜩 웅크리기 시작했다.

한편 조선에서 지원 약속을 했던 정예 전투 경찰이 중화민국에 파견됐다.

남경 비행장에 비둘기가 착륙했고 그 안에서 경찰 제복을 입은 사람들이 여객기에서 내렸다.

내무장관인 서세창이 지휘관과 악수하면서 인사했다.

"중화민국 내무장관을 맡고 있는 서세창입니다."

"대조선제국 특임 전투 경찰 중대장인 김상옥 경감입니다."

"이야기를 들었습니다. 조선 최고의 전투 경찰을 지휘하신다고요?"

"군과 비교해도 손색이 없을 정도로 싸울 수 있습니다."

"그 정도의 무력을 갖춘 부대라니… 환영합니다. 우릴 도와주러 오셔서 정말 감사합니다. 그리고 뵙게 되어서 영광입니다."

"저야 말로 영광입니다.

"이쪽으로 오십시오. 제가 직접 모시겠습니다."

역관이 서세창의 이야기를 통역해줬다.

남경에 도착한 경찰 지휘관은 김상옥이었다.

그와 휘하 대원들은 환대를 받으면서 마중 나온 서세창을 따라갔다.

그리고 중화민국 정부에서 마련해 준 숙소로 가 짐을 풀고 휴식하기 시작했다.

시간이 조금 지나 화물기가 도착하면서 무기들이 도착했고 대원들은 무기를 받자마자 곧바로 정비하기 시작했다.

숙소 최고층을 김상옥과 특임 경찰 중대의 본부로 사용했다.

각자의 화기를 살피고 있을 때 내무부에 속한 공무원이 와서 김상옥을 찾았다.

그에게 손문이 만나고 싶어 하는 것을 알려줬다.

"총통 각하께서 보시길 원합니다. 밖에 차가 대기하고 있습니다."

김상옥이 자신 대신 대원들을 지휘할 수 있는 이에게 지시했다.

"나석주 경위."

"예. 중대장님."

"중화민국 총통 각하를 뵙고 올 테니, 대원들을 잘 지휘해서 정비를 마무리 짓고 휴식을 취하고 있게. 휴식 도중에 문 앞에 보초 세우고."

"알겠습니다."

지시를 내리고 곧바로 발걸음을 옮겼다.

숙소 앞에 대기하고 있던 아우들에 몸을 실었고, 중국 총통이 집무를 보는 중화관으로 향했다.

그리고 그곳에서 손문을 만나 악수했다.

손문이 김상옥을 만나서 반가워했고 그를 집무실 소파 위에 앉혔다.

상석에 손문이 앉고 서세창이 김상옥 맞은편에 앉았다.

한 나라의 통수권자와 얼굴을 마주하면서 앉는 것은 쉬운 일이 아니었다.

김상옥 스스로도 영예로워 하면서도 조선을 대표하는 이로서 당당함을 보이고자 했다.

그에게 손문이 물었다.

"조선 최고의 전투 경찰이라고 들었습니다. 삼합회에 대해서는 혹시 잘 아십니까?"

중국 외무부의 역관이 통역해줬다. 질문을 듣고 김상옥이 대답했다.

"기본적인 것만 압니다."

"기본적이라면 어떤 것을 말입니까?"

"선량한 사람들로부터 돈을 갈취하고 신체를 상하게 하는 무뢰배 같은 자들이라고 말입니다. 그런 자들이 모인 도적떼라고 들었습니다. 그리고 내륙과 근해를 가리지 않고 중화민국 국민들로부터 각종 자릿세와 보호세를 거두고 있는 것으로 압니다."

이야기를 듣고 손문이 다시 말했다.

"반청복명 운동이라는 것을 아십니까?"

"압니다. 중화민국이 건국될 때 사람들이 외쳤던 말이지 않습니까?"

"그 운동의 한 축을 이뤘던 것이 지금의 삼합회입니다. 삼합회가 되기 전에도 폭력 쓰기를 주저하지 않았던 자들인데, 청조 권력에 대항한다는 명분이 생기면서 나름 대의를 이루겠다고 앞장섰습니다. 그리고 지금은 그 대의를 잃어서……."

"본래대로 돌아간 겁니까?"

"예. 그리고 청조를 무너뜨리면서 알게 된 고위공무원들과의 연줄도 맺으면서 말입니다. 때문에 우리 정부에서 해결하려 했지만 예상보다 큰 규모에 놀라서 조선에 지원을 요청한 겁니다. 그들이 사라져야 우리 어민이 조선 근해로 가서 고기를 훔치지 않을 수 있습니다. 저는 이 땅에 삼합회 무리들이 척결되길 원합니다."

손문의 이야기를 듣고 김상옥이 고개를 끄덕였다. 그리고 정보를 요구했다.

"삼합회의 세력이 얼마나 되는지 알고 싶습니다. 지금 알 수 있겠습니까?"

김상옥의 물음에 손문이 서세창을 쳐다봤다.

그리고 서세창은 내무부 비서를 시켜서 준비했던 문서를 가지고 오도록 시켰다.

그 안에 중국 국민들을 괴롭히는 삼합회에 관한 정보가 있었다.

중화민국 지도가 있었고 주요 도시에 6개 조직이 있었다.

"북경, 천진, 청도, 연태, 남경, 상해에 각각 큰 삼합회 조직이 있습니다. 조직의 이름은 사천, 염파, 중화패, 신명파, 화신패, 매방파입니다."

"각 조직의 두목은 누구입니까?"

"장유성, 엄복추, 이자룡, 설천, 유택, 오갑상입니다. 그리고 오갑상의 매방파가 세가 가장 큽니다. 설천의 신명파와 함께 중화민국 근해에서 조업세를 거두고 있습니다."

"조선 입장에서는 신명파와 매방파가 문제군요."

"일단은 그렇습니다."

정보를 듣고 김상옥이 고개를 끄덕였다. 그리고 그가 서세창에게 물었다.

"이들을 퇴치하기 위해서 중국 내무부 차원에서 세워둔 전략이 있습니까?"

이내 대답을 들었다.

"말씀드렸다시피 삼합회 사이에도 세력 차이가 있습니다. 작은 세력부터 척결한 뒤 마지막에 큰 세력을 쳐서 없앨 겁니다. 매방파를 마지막에 제거할 겁니다."

대답을 듣고 김상옥이 생각에 잠겼다. 미간이 좁혀진 모습을 보고 손문이 물었다.

"달리 생각하는 게 있습니까?"

김상옥이 곧바로 의견을 말했다.

"저는 매방파가 세번째가 되어야 한다 생각합니다."

"어째서 말입니까?"

"처음은 가장 약한 삼합회를 치고 두번째는 남경의 화신패입니다. 약한 삼합회를 치면서 전쟁이 시작된 것을 알리고 중국 수도의 삼합회를 치면서 중국 정부의 의지를 보이는 겁니다. 그 다음에 매방파를 쳐서……."

"다른 조직에게 경고를 보내는 것입니까?"

"경고를 뛰어넘어 본보기를 보여주는 겁니다. 자수하지 않고 조직을 계속 구성하고 있으면 어떤 꼴을 당하게 되는지 말입니다. 그렇게 하면 아마도 나머지 세 조직이 알아서 와해될 겁니다. 굳이 여섯개 조직을 모두 칠 필요가 없습니다."

자신감이 넘치는 김상옥의 의견에 손문과 서세창이 그의 의견을 고려했다.

그리고 어차피 매방파를 쳐야 한다면 빨리 정리하는 것이 낫다는 생각이 들었다.

두 사람이 김상옥의 의견에 동의했다.

"중대장의 의견에 동의합니다. 퇴치 전략에 중대장의 의견을 반려하겠습니다."

"감사합니다."

손문이 중국의 자존심을 챙기고 조선의 지원을 사이에서 조율했다.

"일단 우리 정부가 삼합회를 퇴치해보겠습니다. 그리고 선을 넘어설 경우, 공동 작전으로 도적떼를 퇴치하겠습니다."

김상옥이 고개를 가로저었다.

"단독 작전을 수행하겠습니다."

"위험합니다. 공동으로 대응하는 것이……."

"괜찮습니다. 저희가 나설 정도면 보통 이상의 상황이라는 건데, 여태 연합 훈련을 벌여왔다면 모르겠지만 그런 훈련을 벌인 적이 없으니 홀로 상대하는 것이 낫습니다. 손발이 맞는 사람들과 작전을 벌여야 합니다."

일리가 있다고 생각했다.

그럼에도 불안은 지워지지 않았다.

김상옥이 자신만만한 미소를 지으면서 다시 말했다.

"한가지는 자신합니다."

"어떤 것을 말입니까?"

"우리가 나서면, 삼합회 조직원들을 위한 재판은 필요치 않습니다. 그들 중 단 한 사람도 살아남지 못할 테니 말입니다. 그러기 전에 중화민국을 위해서도 알아서 자수하고 조직을 해체하길 원합니다."

자신감의 근원이 어디에서 나오는지 알 수 없었다.

하지만 그는 조선 정부에서 보낸 정예 전투 경찰 중 최고의 경찰이었다.

그것을 믿고 조선의 힘을 빌리려고 했다.

중국 총통이 범죄와의 전쟁을 선포했으니 사람들은 그래도 삼합회가 어느 정도 겁을 먹을 것이라고 생각했다.

그러나 생각보다 인간은 어리석은 존재였다.

직접 보거나 겪어보기 전까진 자기세뇌로 긍정을 만들고 피할 수 있는 재앙도 자초하는 존재였다.

* * *

산동 지역에 '연태'라 불리는 항구도시가 있었다.

그 근해에서 중국의 어선들이 고기를 잡고 있었다.

어선을 감시하는 지도선이 있었고 지도선들은 해상보안청으로부터 위임을 받고 어선들을 관리하는 배들이었다.

해상보안청을 상징하는 해룡기를 달고 바다에 떠다니고

있었다.

어선에 탄 사람들은 신명파라 불리는 삼합회 조직원들이었다.

그들은 망원경으로 주위를 살피면서 조업세를 내지 않은 어선이 고기를 잡고 있는 것은 아닌지 감시하고 있었다.

조업세를 낸 어선은 신명파에서 만든 뱀 깃발을 달고 있어야 했다.

그러던 중 한 어선이 깃발 없이 고기를 잡고 있었다.

어선을 발견한 신명파의 지도선이 급히 달려왔다.

선측을 빠르게 붙이고 험상궂은 외모를 지닌 조직원들이 배 사이를 뛰어 건넜다.

어선 위로 올라와서 험악하게 말했다.

"누가 여기서 조업하래?! 조업세 냈어?! 이 도끼로 손목 날려줄까?! 앙?!"

행동대장이 허리춤에 차고 있던 도끼를 꺼내서 선원들을 위협했다.

그는 자신의 도끼를 보고 선원들이 겁에 질려서 바닥으로 길 것이라고 생각했다.

그러나 어째서인지 매서운 눈빛을 하면서 그를 쳐다보고 있었다.

도끼를 번쩍 들고 행동대장이 한번 더 위협했다.

"눈 안 깔어?! 확, 그냥!"

그때 선원들이 허리춤 뒤에 있던 무언가를 꺼냈다.

"공안이다! 움직이지 마! 움직이면 머리에 총구멍이 날

줄 알아!"

"……?!"

권총이 행동대장과 조직원들을 조준하고 있었다. 그리고 그 수는 여러 개였다.

권총을 든 선원이 행동대장과 조직원들에게 다시 크게 외쳤다.

"도끼 버리고, 머리 위로 손들어! 어서!"

상상 못한 일이 일어나자 현실감이 떨어졌다.

분위기 파악이 떨어지는 조직원이 멋대로 허리춤 뒤에 있던 칼을 뽑으려고 했다.

그의 손이 허리춤으로 갔을 때 총성이 발생했다.

탕!

"커흑……!"

흉탄을 맞고 조직원이 쓰러졌다.

배를 건넌 다른 조직원들은 그 총이 진짜 총이라는 것을 알았다.

그제야 현실감이 돌아왔다.

손에 들고 있던 도끼를 떨어트렸고 머리 위로 손을 들었다.

그러자 공안 요원들에게 순식간에 제압을 당해 오라를 받았다.

손에 수갑이 채워졌고 팔과 몸으로는 포승줄로 꽁꽁 묶였다.

그리고 그들의 지도선이 나포됐다.

행동대장과 조직원들이 체포된 가운데 공안 요원이 정보를 요구했다.

"너희들에게 지도 위임을 한 공무원이 누구인가?"

해상보안청 공무원 중에 삼합회에 결탁한 이들을 찾으려고 했다.

그 끈의 꼬리를 잡고 당기기 시작했고 이내 반대편 끝을 찾고 정리하기 시작했다.

해상보안청에 공안에 속한 차들이 달려갔다.

삼합회 조직원들과 마찬가지로 똑같이 포승줄로 묶인 공무원들이 줄줄이 체포되어 압송되었고 동시에 신명파에 대한 체포 작전이 이뤄졌다.

급습이 이뤄지면서 신명파 조직원부터 두목인 설천까지 모두 체포되었다.

그리고 인상을 쓰고 있는 설천의 얼굴이 신문기자의 사진에 찍히면서 중국 전역에 그의 체포 사실이 알려졌다.

아침에 신문을 산 중국인들이 놀라면서 기뻐했다.

"와! 총통 각하께서 엄단하신다고 했는데 진짜였어!"

"이제 삼합회도 끝장이구나! 그동안 오만방자하게 굴었어!"

최소한 수십 년 이상 감옥 안에서 썩을 것이라고 말했다.

범죄를 주도했던 간부와 두목인 설천은 최소한 종신형을 피할 수 없을 것이라고 생각했다.

손문의 삼합회 척결을 두고 우스갯소리라고 일컬었던 다른 삼합회 조직이 크게 긴장했다.

처음에는 신명파가 사라졌다는 이야기가 거짓말인 줄 알았다가 설천의 얼굴이 새소식과 신문을 통해서 알려지면서 중국 정부의 삼합회 척결이 시작된 것을 실감했다.

중국 수도인 남경을 거점으로 삼는 삼합회가 있었다.

그들은 수도에 거점으로 삼은 만큼 중국 고위 관리와 연줄을 맺고 있었다.

조직원들이 걱정을 하면서도 그것을 떨치려고 했다.

"신명파가 없어지다니… 정말로 총통 각하께서 삼합회를 건드리셨어… 설마 우리까지 없애려고 할까?"

"난 아니라고 봐."

"어째서?"

"신명파는 삼합회 중에 가장 세가 약한 조직이잖아. 그래서 주로 연태 근해 어장만 지키고 있고 말이야. 그에 비해서 우린 수도에 거점을 둘 정도로 큰 조직이야."

거점이 거점인 만큼 나름 세를 유지하는 조직이었다.

그것을 믿는 조직원들이 불안해하는 조직원들의 걱정을 지우면서 자신들이 가진 걱정도 함께 지웠다.

그럼에도 조직원들은 술렁일 수밖에 없었다.

그들의 마음을 두목이 다스리려고 했다.

일부 조직원이 이탈해서 정보를 토해내면 위태로워질 수 있었다.

"정부 인사 중에 우릴 건드릴 수 있는 자는 아무도 없어. 왜냐하면 우릴 건드리는 순간 정부 기능이 마비되니까. 그러니 걱정하지 말고 할 일들이나 해. 알겠어?!"

"예! 두목!"

정부 고관을 매수하고 그들의 연줄을 믿고 있었다.

그래서 위험해지기 전에 미리 연락이 올 것이라고 생각했다.

화신패 두목인 유택이 조직원들을 진정시켰다.

그때 아래층을 지키는 간부가 급히 올라와 유택이 있던 방의 문을 열었다.

"두목!"

"무슨 일이냐?"

"공안입니다!"

"뭐?"

"지금 공안이 와서 건물을 포위했습니다!"

"……?!"

간부가 다급히 소식을 전한 직후였다.

아래층에서 중국 공안의 목소리가 울려 퍼졌다.

급히 조직원들이 무기를 찾았다.

"칼이든 도끼든 뭐든 들어! 어서!"

손에 들 수 있는 무기는 모두 들었다.

문이 부서지면서 안으로 공안 요원들이 밀고 들어왔다.

권총을 조준하면서 요원들이 크게 외쳤다.

"공안이다! 움직이지 마라!"

"허튼 짓만 벌여 봐! 사살당할 테니까!"

"무기 버려!"

그 앞에서 조직원들이 칼과 도끼를 들고 악을 쓰면서 버뤘다.

손을 떨면서 관자놀이에서 식은땀을 흘렸다.

두목인 유택이 조직을 지키기 위해 요원들에게 큰 소리로 호통을 쳤다.

그의 외침에 요원들이 당황해야 했다.

"뭣들 하는 짓인가?! 내가 누구인 줄 모르는가?! 화신패의 유택이다! 감히 공안부국장과 절친한 내게 이러고도 네놈들이 무사할 줄 아는가?!"

호통을 듣고 요원 중 한 사람이 크게 외쳤다.

"공안부국장은 이미 체포되었다!"

"뭐…뭣이……?!"

"셋 셀 동안 무기를 버리지 않으면 발포하겠다! 하나! 둘!"

순간적으로 많은 생각이 들었다.

공안부국장이 체포되었다는 소식에 유택은 심장이 철렁 내려앉는 느낌을 받았다.

그리고 공안 요원의 둘이라는 외침에 자신이 궁지에 몰려 있다는 것을 깨달았다.

절대 하지 말아야 할 행동을 취했다.

"이야앗!"

칼을 들고 공안 요원에게 덤벼들었다.

이에 요원들을 지휘하는 자가 크게 외쳤다.

"발포!"

탕! 타탕!

"크학!"

"으윽……!"

총탄을 맞고 조직원들이 쓰러져서 신음했다.

그리고 유택은 머리가 터지면서 그 자리에서 즉사했다.

조직원들을 사살한 요원들이 살아남아 있던 다른 조직원들에게 외쳤다.

"무기 버려!"

더 이상 저항할 수 없었다.

즉시 손에 쥐고 있던 것을 버리고 머리 위로 손을 올려서 조금이라도 더 살고자 했다.

그로써 남경을 거점으로 삼던 삼합회가 다시 쓸려 나갔다.

영출기와 신문을 통해서 사람들에게 알려졌다.

"이번에는 화신패야! 공안부국장을 뒷배로 둔 삼합회가 지리멸렬 되다니!"

"총통 각하께서! 아예 끝장을 보시려는 것 같아!"

"와아!"

손문에 대한 칭송이 높아지고 있었다.

중화민국을 세운 국부이자 오랫동안 중국인을 괴롭혀왔던 무뢰배들을 척결한 공까지 역사에 새겨지려고 했다.

그로 인해 다른 삼합회 조직은 다급해질 수밖에 없었다.

영출기에서 기자가 화신패의 거점을 취재하고 있었다.

공안의 총격 때문에 바닥에 피가 굳어 있었고 그 위로 두목인 유택이 사살되었다고 기자가 시청자들에게 소식을 전했다.

영출기 앞에 모인 매방파 간부들의 표정이 매우 어두웠다.

두목인 오갑상의 표정도 잔뜩 굳어질 수밖에 없었다.

영출기가 꺼지자 걱정스런 이야기가 자연히 흘러나왔다.

"화신패를 토벌한 것은 총통 각하의 강한 의지를 드러내기 위함입니다."

"이 정도 선에서 끝나지 않을 것 같습니다. 전국 6대 조직 중 2개 조직이 궤멸됐습니다. 그중 하나는 남경에서 고위공무원들과 연줄을 맺은 조직입니다."

"이러다가 우릴 상대로도 토벌을 벌이지는 않을지 걱정입니다."

"각하께서 우릴 가만두지 않을 것 같습니다."

간부들의 이야기를 듣고 오갑상이 담배에 불을 붙였다.

연기를 뿜어내면서 그들의 불안을 지우고자 했다.

표정을 차갑게 하며 부하들에게 말했다.

"전에도 이야기했지만 총통 놈이 우릴 건드리면 전쟁이야."

"그것을 각오하고 우릴 없애려고 한다면 어떻게 되는 겁니까?"

"그런 오판을 하기 전에 경고를 보내야지."

"어떻게 말입니까?"

"놈이 하던 방식대로 말이야. 신문 기자들을 불러서 우리가 절대 가만히 있지 않으리라는 것을 알려줘야 해. 그러면 놈은 반드시 고민하게 될 거야. 괜히 우리를 건드렸다가 엄한 일이 벌어지면 욕만 잔뜩 먹게 될 테니까. 놈은 위정자고 결국 민심에 흔들릴 수밖에 없어. 그리고 이 일이 정리되면 우리는 모든 삼합회를 통솔하고 더 큰 힘을 가지게 된다. 그러니 빨리 기자들을 불러."

자신 있는 오갑상의 말에 간부들의 표정이 조금 밝아졌다.

어쩌면 그로 인해서 활로가 열릴 수도 있다는 생각을 했다.

즉시 기자를 불렀고 다음 날 지역 신문으로 오갑상의 경고가 사람들에게 전해졌다.

서세창이 급히 손문을 만났다.

손문이 자신의 집무실에서 영출기로 새소식을 보고 있었다.

그 안에서 오갑상에 관한 소식이 방송되고 있었다.

서세창이 손문에게 오갑상의 경고와 협박을 알려줬다.

"매방파 두목이 협박했습니다."

"삼합회에 대한 토벌을 중단하라고 말입니까?"

"예. 그렇지 않으면 행동에 나설 거라고 합니다."

"행동이라면 어떤 행동입니까?"

"방화와 약탈, 살인 등입니다. 대상은 공안서도 포함되지만 매방파가 주로 활동하는 상해 시민들이 될 겁니다. 미리 경고로 협박해서 문제가 생길 경우 각하께 책임을 씌울 생각입니다."

보고를 듣고 손문이 고개를 끄덕였다.

하지만 그의 심기는 흔들리지 않았다.

"그래도 놈들을 토벌해야 됩니다. 어떤 희생을 치러서라도 말입니다. 범죄 집단에 대해서 정부는 절대 협상하지 않고 협박에 굴하지도 않습니다."

"국민이 불안해할 수 있습니다."

"그 불안은 삼합회 척결을 통해서만 이룰 수 있습니다. 그러니 국민들에게 삼합회에게 절대 굴해서는 안 된다는 방송을 내보내십시오. 악인은 마지막이 가까워질수록 발악한다는 것을 말입니다. 그들이 사라져야 이 나라의 공정이 회복됩니다."

손문의 의지를 확인하고 서세창이 머리를 숙였다.

그리고 기자들을 불러서 범죄 조직을 상대로 절대 굴복하지 않을 것이라는 뜻을 내무부 차원에서 발표했다.

그러한 발표에 중국인들이 열광했다.

"역시 총통 각하셔!"

"당연히 놈들의 협박에 넘어가시면 안 되지!"

"이번에야말로 정리가 되어야 해!"

국민들의 열광과 다르게 매방파 조직원들은 술렁일 수밖에 없었다.

그런 가운데 매방파의 한 조직원이 다른 조직원들에게 붙들려서 오갑상 앞으로 끌려왔다.

느긋하게 만두를 먹으면서 식사하던 오갑상이 조직원들

에게 물었다.

"놈이 공안의 세작이라고?"

"예! 두목님! 우리와 연을 맺고 있지 않은 공안 요원을 만나는 것을 봤습니다!"

대답을 듣고 자리에서 벌떡 일어났다.

그리고 배신으로 조직원들에게 얻어맞은 자에게 가서, 앞에서 그의 얼굴을 들여다보면서 물었다.

"놈들에게 어떤 정보를 넘겼지?"

"그, 그게……."

콱!

"크악! 아악!"

손으로 머리를 잡고 엄지로 눈을 찔렀다.

그러자 배신한 조직원이 고통스러워하면서 비명을 질렀다.

이내 그의 안구가 파열되면서 피가 뚝뚝 흘러내렸다.

오갑상이 다시 그에게 물었다.

"어떤 정보를 넘겼는지 말해."

얼음장 같은 물음에 조직원이 대답했다.

"사, 사흘 뒤… 두목님께서… 두목님 어머님 묘소에 가신다고……."

"……."

"저의 어머니 치료비를 대신 주겠다는 말에 꼬드겨서… 죄…죄송합니다… 두목… 크흑……."

두려움에 벌벌 떨면서 이실직고 했다.

배신한 조직원을 오려보던 오갑상이 조금 낮췄던 몸을 일으키고 간부로부터 권총을 받았다.

이마에 총구를 조준하고 방아쇠를 당겼다.

'탕!' 하는 소리와 함께 배신한 조직원이 숨졌다.

오갑상은 중국 정부가 자신을 노리고 있다는 생각에 분노가 치밀어 오를 수밖에 없었다.

권총의 남은 총알을 이미 숨진 조직원에게 모두 쐈다. 그리고 토하듯이 크게 소리쳤다.

"난 오갑상이야! 매방파의 오갑상이라고! 중화민국을 세운 일등공신을 감히 이런 식으로 배신해?! 어?!"

손톱자국이 새겨질 정도로 주먹을 세게 쥐고 씩씩거렸다.

시신을 걷어차면서 분풀이를 했고 권총 총알이 남아 있는지 한번 더 확인하고 없자 간부에게 돌려줬다.

그리고 조직원들의 분위기를 봤다.

'총통이 우리 두목님을 노리다니…….'

'이제 우리도 큰일 난 거 아냐……?'

간부와 조직원들의 걱정이 눈에 보였다. 그들의 마음을 진정시켜야 했다.

오갑상이 목에 힘주며 부하들에게 지시했다.

"이제 손문이 우릴 노렸으니, 대가를 치러야 한다!"

"어떻게 말입니까?"

"상해 공안청을 폭파시켜! 그러면 놈들이 우리의 경고가 공갈이 아니라는 것을 알게 될 거야!"

그 말을 부하들이 듣고 눈을 키웠다. 간부들 중 일부가 더 크게 걱정했다.

"그…그것은 정부에 전쟁을 선포하는 겁니다!"

"이미 전쟁은 시작되었어! 그리고 상해 공안청이 날아가도 놈들은 절대 우릴 건드릴 수 없어! 놈들의 가장 큰 약점을 우리가 물고 늘어질 테니까! 두고 봐! 내 말 대로 될 거야!"

오갑상이 약점을 언급하자 간부들의 눈빛이 달라졌다.

오갑상은 부하들에게 미리 말하지 않았었던 계획을 들려줬다.

계획을 듣고 부하들이 크게 놀랐다.

"정말로 그렇게 하신다는 말씀입니까?"

"그래!"

"그렇게 하시면……."

다시 오갑상이 소리쳤다.

"민심은 우리에게 돌아선다! 그게 좋아서든 싫어서든 말이야! 우리 편이 되지 않고선 놈들은 재앙을 보게 될 거야!"

그 계획만이 유일하다고 생각했다.

매방파 간부들과 조직원들은 오갑상의 지시대로 상해에서 일을 벌이기 시작했다.

차에 폭탄을 실었고 지렛대를 써서 공안청으로 달릴 수 있도록 만들었다.

차가 정문으로 달려가자 앞을 지키고 있던 근무자가 급

히 문을 닫으려고 했다.

그러나 문을 뚫고 차가 들어갔고 현관문을 들이받으면서 멈추었다.

안에서 공안 요원들이 나와서 웅성거렸다.

"대체 무슨 일이야?! 이거?!"

"세상에!"

차 안에 설치된 폭탄의 시계가 계속해서 돌아갔다.

이윽고 0초가 되자 바늘이 움직이면서 안에 담긴 화학물이 반응을 일으켰다.

'쾅!' 하는 소리와 함께 폭발이 일어났다.

현관이 부서지고 공안청의 유리창이 일제히 깨졌다.

폭탄이 터지면서 주위의 사람들이 크게 피해를 입었다.

"으악!"

"크아악⋯⋯!"

얼굴이 찢어진 사람, 사지 한쪽을 잃은 사람들이 즐비했다.

폭발에 휩쓸린 요원들은 가쁘게 숨을 쉬다가 결국 숨졌다.

상해 하늘에 폭음이 울려 퍼졌을 때 매방파가 행동에 나섰다.

상류층의 자녀가 다니는 소학교에 오갑상과 조직원들이 차를 타고 와서 화기를 들고 하차해 학교 안으로 난입했다.

그리고 교실의 문을 벌컥 열면서 총성을 일으켰다.

"지금부터 우리가 통제한다! 시키는 대로 따르지 않으면 애건 어른이건 할 것 없이 죽을 줄 알아!"

교사와 아이들이 겁에 질렸다.

아이들만큼은 풀어달라고 교사가 애원했지만 돌아오는 대답은 총성과 총알밖에 없었다.

그로부터 세시간 뒤였다.

김상옥이 나석주와 함께 총통 집무실로 향하는 중화관 복도를 걸었다.

복도를 걸으면서 매방파에 대해서 두 사람이 이야기했다.

"이번에 인질극을 벌인 삼합회가 매방파라는 말입니까?"

"그래."

"그런데 소식을 듣질 못했습니다."

"그야 상해 말고는 보도 통제를 하고 있으니까. 만약 그 사실이 중국 국민들에게 알려지면 당장 삼합회와의 전쟁을 그만두라고 민심이 바뀔 수 있어. 인질로 잡힌 사람들이 아이들이니까."

"정말 개새끼들입니다."

"그러니까. 근해에서 조업세를 갈취하는 것은 아무것도 아니야. 알고 보니 아동 인신매매에 아편 취급까지 하고 있어. 나름 덩칫값은 하는 모양이야."

상해 부근을 제외하고 중국 전역은 평온한 상태였다.

보도 통제가 이뤄지는 가운데 오직 정부 요인과 공안청

의 일부 고관만 매방파의 인질극을 알고 있었다.

복도를 걸은 김상옥과 나석주가 끝에 이르러 총통 비서 보좌관이 열어주는 문 안으로 들어갔다.

그리고 집무실 책상 앞에 앉아 있는 손문을 봤다.

목례로 인사하고 일어선 손문과 얼굴을 마주했다.

단단했지만 걱정 가득한 표정을 손문이 하고 있었다.

"매방파에 대해서 이야기를 들었습니까?"

"대충 들었습니다."

"놈들이 상해 소학교 3곳을 점령하고 아이들을 인질로 삼아 인질극을 벌이고 있습니다. 이미 교사 중 몇 명이 숨진 것으로 압니다. 아이들의 부모가 제게 삼합회와의 전쟁을 멈춰 달라고 애원하고 있습니다……."

목소리에 힘이 많이 빠져 있었다.

그의 말과 지시로 인해서 수백명 넘는 아이들이 죽을 수 있었다. 아이들을 살리기 위해 악에 굴복하는 것도 고민하고 있었다.

김상옥이 미소를 지으며 손문에게 용기를 불어 넣어줬다.

"각하께선 할 일을 하고 계신 겁니다. 그리고 이제부터 우리의 일을 하겠습니다."

"아이들을 부디 구출해 주십시오……."

"걱정하지 마십시오. 본래 인질 구출을 저희들이 제일 잘합니다. 며칠 안에 매방파를 정리하겠습니다."

매방파에 대한 진압은 중국 정부도 충분히 할 수 있었다.

그러나 손문이 원하는 것은 삼합회에 대한 척결보다 한 사람의 국민을 지키는 것이었다.

아이들의 미래를 지키길 원했다.

숙소로 돌아간 김상옥과 대원들이 장비를 챙겼다.

장비 중에 상부로부터 지급받은 지 얼마 되지 않은 장비가 있었다. 그것은 투구에 착용하는 것이었다.

"드디어 이것을 사용하게 되는 겁니까?"

"이것뿐만이 아니라, 우리가 가진 모든 장비를 실전에 써보는 것이지. 하지만 굳이 이런 것까지 성능을 확인해볼 필요는 없을 거야. 놈들은 절대 우리를 볼 수 없을 테니까. 어둠 속에서 숨죽이게 될 거야."

철모보다 가벼운 방탄 투구를 썼다.

그리고 플라스틱판을 끼워 넣은 조끼를 착용하고 '한 팔식'이라는 제식명칭이 달린 신형 기관단총을 들었다.

차 앞에 모여서 김상옥이 대원들에게 말했다.

"상해에 가서 죄인들에게 벌을 내리세. 탑승하게."

"예! 중대장님!"

차에 탑승해서 상해로 급히 달려갔다.

상해로 가는 동안 머릿속으로 훈련에서의 상황을 복기하면서 만전을 기했다. 그들이 상대해왔던 자들은 삼합회가 아닌 적성국의 군인이었다.

최악의 적을 상대하면서 단련된 자들이었다.

시조선
종가기

패권국의 품격

"조준! 사격 개시!"

타타탕! 타타탕!

사격 훈련장에서 총성이 일었다.

신형 방어구와 신형 화기를 지급받은 특임대가 앞으로 전진하면서 과녁을 맞히고 있었다.

그들은 능숙한 손놀림으로 빈 탄창을 빼서 새 탄창으로 갈아 끼웠고 노리쇠를 전진시키자마자 다시 사격을 벌이기 시작했다.

건물을 상정한 미로 같은 구조 속에 들어가서 인질범과 인질로 꾸며진 현판을 구별하며 즉각 사격을 하고 시간 측정을 하는 훈련을 벌였다.

그 모습을 관전대 위에 선 이희가 지켜보고 있었다.

그의 곁에 장성호와 유성혁, 우종현이 있었고 함께 대원들의 훈련 모습을 지켜보면서 만족하고 있었다.

훈련 간 잠시 휴식이 이뤄지는 동안 사격장으로 내려온 이희가 신형 기관단총을 들었다.

그리고 직접 과녁을 향해서 총을 쐈다.

총을 쏘고 난 뒤 기관단총의 형태를 이희가 살폈다.

톱니바퀴처럼 이뤄진 구조가 총열 아래에 있었다.

"특이한 구조군."

관심을 보이자 우종현이 직접 이희에게 설명했다.

"부착물을 달 수 있는 부분입니다."

"여기에 부착물을 단다는 말인가?"

"예. 폐하. 이 화기처럼 손잡이를 달고 빨간 광선을 쏠 수 있는 광선조준기를 달 수 있습니다. 그리고 광선조준기의 광선은 야간투시경을 통해서 볼 수 있습니다. 이 장비가 야간 투시경입니다."

종현이 가리키는 장비를 이희가 들고 이리저리 살폈다.

그리고 설명을 들으면서 직접 머리에 썼다.

야간투시경으로 보는 세상은 새하얗게 보일 정도로 환했다.

"너무 밝아서 아무 것도 안 보이는군."

"미세한 빛을 증폭시켜주는 장비이기에 낮에 보면 매우 환하게 보여서 사물을 잘 구분할 수 없습니다. 지금이 낮이 아니라 밤이었다면 잘 보이셨을 겁니다."

설명을 듣고 이희가 고개를 끄덕였다. 그리고 그것이 전부 전자장비라는 것을 알았다.

손가락 길이와 굵기만 한 전지가 전원이 되는 장비였다.

그런 장비를 위해서 조선에서 개발 된 새로운 부속품이 있었다.

'집적회로'라 불리는 부속품이 조선에서 개발되고 양산을 준비하고 있었다.

그 안에 반도체로 불리는 트랜지스터가 1000개 이상 밀집되어 있었다.

종현이 기억하는 대한민국에서는 트랜지스터를 반도체라 부르지 않고 집적회로를 반도체라고 불렀다.

그러한 부품이 군사용도로 쓰이기 시작했다.

생산량은 많지 않았지만 획기적인 용도로 쓰이기 시작했다.

나무걸이에 걸린 조끼를 향해서 이희가 기관단총을 쏘고 조끼의 상태를 확인했다.

천으로 된 바깥쪽 겉면에 구멍이 나 있었고 안쪽은 아무렇지 않아 총탄이 관통되지 않은 것을 증명했다.

합성수지 판이 조끼 속에 끼워져 있었고 그 위에 기관단총에서 발포된 총알이 깨진 채로 박혀 있었다.

방탄조끼와 방탄판의 성능을 보고 이희가 만족했다.

"총알을 막다니 대단하군!"

"대원들이 쓰는 투구도 여기 방탄판과 같은 재질로 만들어졌습니다. 특수섬유와 합성수지로 만들어졌습니다."

"이걸 특임대뿐만 아니라 전군에 보급해야 되겠군."

"장기적으로 계획 중입니다. 폐하."

유성혁의 이야기를 듣고 이희가 더욱 강해질 조선군을 기대했다.

죽음에 대한 두려움을 지우고 용감하게 적을 상대로 싸울 것이라고 생각했다.

그리고 중화민국으로 향한 특임대 대원들의 소식을 들었다.

"중국에서 제일 큰 삼합회를 토벌한다고?"

"예, 폐하. 매방파라고 불리는 삼합회이온데 범죄와의 전쟁을 선포한 중화민국 정부의 압박으로 상해 공안청을 공격하고 초등학생들이 공부를 하는 소학교를 점거했습니다. 현재 인질극을 벌이고 있다 합니다. 삼합회에 대한 토벌 중단을 요구하고 있습니다."

"어린아이들의 생명을 위협하면서 자신들의 범죄 행위를 묵과해달라고 하다니. 진정한 악인이로군. 들자하니 아이들에 대한 인신매매에 아편 매매까지 벌인다던데, 바로 사살해도 상관이 없을 것 같다."

"이미 무덤을 판 것과 마찬가지입니다. 조만간 우리 대원들이 작전을 벌일 겁니다. 가격 조장이 대원들을 지휘하고 있습니다."

암호명을 사용하는 특임대 대원들 중 최고의 정예 대원이었다.

보고를 듣고 이희가 장성호에게 말했다.

"김 중대장에게 한 치의 자비도 베풀지 말라고 전하라."

"예. 폐하."

자비와 용서를 구하지 않는데 베풀 이유도 없었다.

이희의 명을 장성호가 받들었고 상해에 도착한 김상옥에게 황명을 전했다.

폭발로 상해 공안청이 엉망이 되어 있었다.

공안청 별관에서 김상옥이 대원들을 모아 조선 공관원으로부터 들은 이야기를 전했다.

직후 서세창이 찾아와서 김상옥과 악수했다.

그날 밤 인질을 구할 작전을 벌일 예정이었다.

"준비는 모두 끝났습니까?"

"예. 장관님."

"그저 상해시에 대한 임시 정전 조치만 내리면 됩니까?"

"예. 학교에 비상발전기가 없으니 그렇게 해주시기만 하면 됩니다. 어둠이 짙어질수록 우리의 작전 성공률이 높아집니다."

어떤 식으로 인질이 구출되는지 알 수 없었다.

그저 조선 특임 경찰 중대가 요구한 사항은 한 점 빛조차 허용하지 않도록 만들어 달라는 것뿐이었다.

그리고 김상옥의 요구대로 서세창은 알겠다고 말했고 조치를 취해뒀다.

자정이 되면 불이 꺼질 예정이었다. 그리고 아침에 작전의 결과가 나올 예정이었다.

그저 건투를 비는 수밖에 없었다.

"건투를 빌겠습니다. 조심하십시오. 부디 우리 아이들을 구해주기 바랍니다."

서세창의 당부에 김상옥이 알겠다고 말했다.

저녁노을이 지고 있었다.

서쪽 대지로 해가 가라앉자 하늘에 별이 뜨고 대지에 어둠이 짙게 깔렸다. 소학교를 점령한 삼합회 조직원들이 긴장 상태로 보초를 섰다.

"이상 없지?"

"예. 대형."

"공안 놈들이 교활해서 한쪽으로 시선을 끌었다가 다른 쪽으로 뚫고 들어올 수 있으니 조심해. 인질을 빼앗기면 끝장나는 거야."

"알겠습니다."

간부들이 틈틈이 돌아다니면서 조직원들의 어깨를 두드렸다. 아이들을 인질로 삼은 상태에서 조직원들의 사기가 말이 아니었다.

조직원들 중 일부는 아이들을 풀어주고 싶었지만 자신이 벌이는 악행의 죄책감보다 대형이라는 자들과 매방파 조직을 더 두려워했다.

지시하는 대로 보초를 섰고 교실을 지키며 아이들이 빠져나가지 못하도록 막았다.

한 아이가 덜덜 떨다가 손을 들었다.

"뭐야?"

두려움에 떠는 아이가 말을 못하자 곁의 친구가 목소리를 높였다.

"진소가 소변이 마렵대요. 변소에 가고 싶다고……."

아이의 말을 듣고 교실을 지키는 조직원이 고개를 끄덕였다.

"좋아. 일어서서 나와. 그리고 앞에서 기다려."

소변이 마렵다고 하는 아이에게 일어나서 앞으로 나오라고 말했다.

그러자 진소라는 남자아이가 일어나서 문을 지키는 조직원 앞에 오자 그 조직원은 다른 조직원에게 교실을 지켜달라고 말했다.

그리고 아이와 함께 변소에 가려고 했다.

복도에서 발걸음 소리가 나며 아이와 함께 변소에 가려던 조직원의 고개가 돌아갔다.

"뭐야? 어째서 아이가 교실에서 나와?"

"두목님."

오갑상이 간부들과 함께 앞에 서 있었다. 그의 물음에 조직원은 조금 긴장하며 아이의 사정을 알려줬다.

"이 아이가 소변이 마렵다고 해서……."

"내가 교실에서 아무도 나오지 않게 하라고 말하지 않았나?"

"그랬습니다. 두목님……."

"……."

오갑상이 조직원을 노려봤다. 그리고 즉시 권총을 꺼내서 그의 머리를 향해 총구를 조준하고 방아쇠를 당겼다.

'탕!' 하는 소리가 울려 퍼졌다.

소학교를 포위한 공안이 크게 놀랐다.

"갑자기 웬 총성이야?! 인질이 죽었는지 알아 봐!"

"예! 소장님!"

총성에 소학교를 둘러싼 공안이 분주하게 움직였다.

행여 아이들이 죽은 것은 아닌지 크게 긴장하며 망원경으로 학교 안을 들여다보려고 했다.

그러나 안의 상태를 쉽게 볼 수 없었다.

아이들이 있는 교실엔 막이 쳐져서 사람이 있는지 없는지조차 구분할 수 없었다.

그리고 복도도 어두워서 알아볼 수 없었다.

검은 그림자가 일렁이는 것을 보았고 무언가 치우고 있다는 것만 알았다.

부하를 죽인 오갑상이 다른 조직원과 간부들에게 경고했다.

"시키는 대로만 해. 인질에 대해 온정을 베푸는 순간 우리에게 틈이 열려. 알겠어?"

"예… 두목님……."

"당장 송장 치워."

"예."

변소에 가려던 아이가 주저앉아 오줌을 지렸다.

오갑상이 아이를 발로 걸어차려다가 참았다.

비명 소리가 일어나서 좋을 게 없다고 생각했다.

교실과 복도를 살피고 학교 안쪽의 교장실로 와서 의자에 앉았다. 부유층의 학교였기에 교장실의 의자는 절대 값싼 의자가 아니었다.

"손문이 우리의 경고에 대답했나?"

함께 들어온 간부에게 물었다.

"아직 대답이 없습니다."

"시간낭비 해봐야 좋을 게 하나도 없을 텐데, 설마 우리를 무시하는 것인가?"

"무시라기보단… 쉽게 응해주지 않으려는 것 같습니다. 그래도 당장 인질을 구출할 수는 없습니다."

"인질을 구하려고 하지 않는 것을 보니, 놈들이 아이들이 죽는 것을 매우 두려워하긴 하나 보군. 그런 것 같습니다. 두목님."

"……."

측근과 이야기를 나누다가 생각에 잠겼다. 그러자 조급한 마음이 들었다.

정부가 가진 약점을 물고 늘어지고자 했다.

"내일부터 대답이 늦어질 때마다 하루에 한명씩 처형한다."

"예?"

"못 들었어? 한명씩 처형한다고 말이야. 설마 여기서 죽을 때까지 지낼 거야?"

"그것은… 아닙니다. 두목님……."

"양식과 물도 함께 요구한다. 아이 한명씩 죽이면 아이들의 부모가 벌떼같이 들고 일어날 거야. 더군다나 부유층 집안의 아이들이니 말이야. 내가 시킨 대로 내일부터 아이 하나씩 골라서 죽여."

"예. 두목님……."

따르기가 버거웠다. 하지만 이미 기차는 달리고 있었기에 종착역에 이를 때까지 멈출 수 없었다.

도중에 뛰어내리는 것은 자살 행위였다.

학교에서 울려 퍼졌던 총성에 밖에서 간을 졸이고 있던 아이들의 부모가 아우성 쳤다.

"아까 전에 일어났던 거 총성 맞죠?! 그렇죠?!"

"우리 아이는 무사해요?! 매방파 놈들이 설마 아이들을 죽인 것은 아니죠?!"

"제발 멀쩡하다고 말해 주세요! 네?!"

어머니들이 울면서 공안소장에게 애원했다.

소장은 그녀들을 다독이며 진정해 달라고 말했다. 절대 거짓을 말하지 않았다.

"분명히 총성이 맞기는 한데……."

"네?! 총성이 울렸었다고요?!"

"예. 하지만 한번밖에 없었으니 어쩌면 총기오발일 수도 있습니다. 만약 놈들이 아이들을 죽일 생각이었다면 여러 번의 총성이 울려 퍼졌을 겁니다. 그러니 진정하시고 구출이 될 때까지 기다려 주십시오."

구출이 된다는 이야기에 아이들의 부모가 흥분했다.

"구출이… 된다는 말입니까……?"

"언제 구출됩니까? 공안이 학교에 투입되는 겁니까?"

"우리 아이들을 구하다가 인질범들이 총을 쏴서 죽이면 어떻게 됩니까?!"

"그냥 삼합회 놈들에게 더 이상 건드리지 않겠다고 말해주세요! 그놈들과 전쟁을 치르다가 아이들이 죽겠습니다!"

구출 작전을 벌여서는 안 된다고 소리쳤다.

아이들의 부모를 진정시켜보려 했던 공안소장은 오히려 소란스럽게 만듦에 난감한 표정을 지었다.

부모들이 원하는 것은 오직 아이들의 안전이었다.

아이들을 지키기 위해 불의와 타협하는 것도 주저하지 않았다. 그렇게 불안한 밤을 보내고 있었다. 뜬눈으로 밤을 지새우면서 아이들이 무사하길 기도했다.

"제발… 아이들을 살려주세요……."

"절 죽이셔도 됩니다… 부디 제 아들… 저의 유일한 자식만 살려주십시오… 제가 원하는 것은 그것뿐입니다……."

아침이 되면 삼합회와 협상을 벌이겠다는 정부의 발표가 있기를 기도했다.

자정이 되었을 때도 부모들의 기도는 멈추지 않았고 그 모습을 공안소장과 요원들이 지켜봤다.

동정과 안타까운 감정이 한번에 일어났다. 아이들이 인질범들의 손에서 벗어나는 기적이 이뤄지기를 원했다.

그런 바람을 마음속으로 전할 때 불이 꺼졌다.

"어?"

"뭐야?"

"왜 갑자기 불이……."

상해 전역이 어둠 속에 빠졌다. 한 점 불빛도 없는 세상에서 오직 하늘에 떠 있는 달과 별만이 지상을 비추고 있었다. 빛이 사라지자 안 보이던 별마저 모습을 드러내면서 기운을 뿜어냈다.

공안소장에게 아이들의 부모가 손으로 짚으며 다가와서 물었다.

"소장님."

"여기 있습니다."

"지금 대체 무슨 일이 일어난 거죠? 어째서 전등이 모두 꺼졌나요?"

"저도 잘 모르겠습니다. 상해에서 전기가 나간다는 이야기를 듣지 못했습니다……."

뒤에서 공안 요원들의 이야기가 들렸다.

"갑자기 웬 정전이지……?"

"무슨 징조야? 이거……."

그들 중 어느 한 사람도 미리 정전이 있을 것이라 들은 적이 없었다.

때문에 갑작스런 정전은 사고라고 생각했다.

갑작스런 정전에 매방파 조직원들이 당황했다.

"갑자기 왜 이래?"

"불이 나갔어! 설마 정전인가?!"

조용했던 학교가 소란스러워졌다. 교장실에 있던 오갑상과 간부들도 사방을 살피면서 무슨 일이 일어났는지 알려고 했다. 간부 중 한 사람이 불안감을 드러냈다.

"설마 공안이 우릴 치려고 일부러……!"

오갑상이 혼란에 빠진 간부들을 진정시켰다.

"그랬으면 이 학교의 전기만 끊어졌을 거다! 밖을 보니 상해 전체가 정전이야! 별일 없을 테니까 부하 놈들의 동요나 막아!"

"예! 두목님!"

공안이 진압 작전을 벌이기에는 너무나도 어두웠다.

그리고 상해 전체에서 정전이 이뤄졌기에 그저 사고일 거라고 생각했다. 그런 판단으로 조직원들이 보일 수 있는 혼란을 방지하려고 했다.

눈을 크게 뜨고 어둠 속에서 아이들이 도망가지 않는지 잘 감시하라고 말했다.

그리고 빨리 정전이 복구되기를 기다렸다.

어둠이 대지에 깊게 깔린 순간, 소학교 주위에서 검은 그림자들이 움직이기 시작했다. 그림자 중 하나가 허리춤에 차고 있던 무전기의 단추를 눌렀다.

"각 소대. 각 소대. 당소 중대장이라고 통보하고, 현 시각부로 작전을 개시한다고 통보. 무기 든 자들을 한 놈도 살려두지 마라."

─수신.

"지금부터 실시간 통신으로 전환한다."

무전 교신을 취한 그림자가 움직이기 시작했다.

그는 김상옥이었다. 그 뒤로 야간투시경을 착용한 대원들이 움직였다.

소학교 담장을 넘고 나무 아래에서 주위를 경계했다.

대원들이 마저 담장을 넘자 나무 아래로 움직이면서 달빛과 별빛이 비추는 곳으로부터 신체 전체를 은폐시키고 은밀히 소학교 건물로 접근했다. 벽을 따라 움직이면서 전후좌우와 위쪽을 계속해서 경계했다.

모서리에 이르렀을 때 멈춰서 현관문 쪽을 살피고 다시 걸음을 옮기기 시작했다. 그리고 선두에 선 김상옥이 주먹을 들면서 자세를 낮췄다.

그가 멈추자 뒤따라오던 대원들이 멈추고 자세를 낮췄다. 야간투시경으로 비춰지는 녹색의 세상에서 현관 앞의 두 사람이 움직이고 있었다.

김상옥이 수신호로 대원들에게 알렸다.

'사람 두명. 무기 들었음. 대기하라.'

두번째 대원이 뒷사람에게 수신호로 명령을 전했다.

그리고 김상옥 홀로 현관으로 다가가서 어둠 속을 헤집는 매방파 조직원 두명을 확인했다.

손에 확실하게 권총이 들려 있었고 조직원들은 행여나 공안 요원들이 오지 않는지 경계하고 있었다.

가까운 곳은 어느 정도 볼 수 있었지만 멀리 있는 곳이나 짙은 어둠이 깔린 곳을 볼 수 없었다.

그 어둠 속에 김상옥이 있었다.

그가 조직원들을 상대로 기관단총을 조준하고 야간투시경으로 보이는 광선을 한 조직원의 이마에 일치시켰다.

경계를 서던 조직원의 이마에 빨간 점이 새겨졌다.

"어?"

"왜? 뭐가 있어?"

"이마에 빨간 점이……."

따닥.

퍽!

"헉?!"

따다닥.

촤악!

억제된 총성과 함께 두 조직원의 후두부가 터졌다.

소음기 사이를 지나간 총알은 절대 공기 중에서 파열음을 일으키지 않았다. 마치 호두껍데기가 깨지는 것 같은 짓눌린 총성만 일으킬 뿐이었다.

매우 조용하게 조직원들을 사살하고 김상옥이 경계하면서 현관으로 들어갔다.

두 조직원이 죽은 것을 확인하고 복도를 살핀 뒤 밖으로 나와서 대원들에게 수신호로 들어오라고 지시를 전했다.

30명에 이르는 대원들이 소학교 건물로 은밀히 들어갔다. 통로마다 경계를 선 가운데 분대장들에게 지시를 내렸다.

'1분대는 왼쪽 복도로 향해서 교실을 수색한다.'

'예. 중대장님.'

'2분대는 오른쪽 복도로 향해서 교실을 수색한다.'

'알겠습니다.'

'3분대는 중앙 계단을 경계하면서 1, 2분대가 한 층씩 오를 때마다 같이 층수를 높이고 경계한다. 그리고 나는 1분대와 함께 움직이고, 소대장은 3분대와 함께 움직인다. 준식과 인천이 남아서 현관을 지켜라. 그리고 매방과 두목으로 보이는 자가 있으면 최대한 살리되 어쩔 수 없으면 죽인다. 죽일 때 최대한 잔인하게 죽여라.'

'예. 중대장님.'

'수색과 인질 구출을 시작한다.'

대원 두명이 현관을 지키고 3개 분대가 나뉘어져서 복도와 교실, 변소를 수색하기 시작했다.

김상옥이 1분대와 움직이면서 1층 우측 복도와 교실을 수색하기 시작했다.

복도 창문을 통해서 교실을 살피고 야간투시경으로 보이는 사람들은 없는지 확인했다. 그리고 조심히 문을 열고 안을 상세하게 살핀 뒤 빠져나갔다.

한 교실씩 순서대로 수색하고 계단 근처에 위치한 측간과 창고도 조용히 수색했다.

그리고 천천히 계단을 오르기 시작했다.

계단을 오르다가 2층을 입구를 지키는 조직원들을 발견했다. 김상옥이 손을 들면서 대원들의 자세를 낮췄다. 그리고 조직원들이 하는 이야기를 들었다.

"아무 것도 안 보여."

"언제 전기가 복구되는 거야?"

난간 아래에서 엿들으면서 조직원이 몇 명인지 확인했다. 세명이라는 것을 확인하고 김상옥이 분대장과 분대원 두명에게 손짓을 했다. 세 사람에게 발포 명령을 전했다.

'계단 위에 셋이다. 좌측부터 진덕, 수찬, 대천이 맡는다. 하나 둘 셋에 맞춰서 동시에 쏴라.'

'예. 중대장님.'

조직원들이 보이는 위치로 가서 자세를 낮추고 총구를 조준했다. 방아쇠에 검지를 건 채 잠깐의 긴장을 즐겼다.

앞에서 김상옥이 손가락을 보이며 사격 명령을 내렸다.

'셋, 둘, 하나.'

따다닥.

'잘 자게.'

계단과 2층 복도 사이를 지키는 조직원 셋을 동시에 처치했다.

인기척이 더 이상 들리지 않자 다시 김상옥이 앞장서면서 대원들을 이끌고 2층으로 올라가 복도를 살폈다.

복도 사이에 가만히 서 있는 조직원들을 봤다. 모두가 어두워서 돌아다니지 않고 자리만 지키고 있었다.

그들을 김상옥이 가만히 지켜봤다.

뒤에 있던 대원이 수신호로 말을 걸었다.

'적입니까?'

'둘 둘, 네명이다.'

'사살하고 진입합시다.'

'아니. 적이 더 나오는지 지켜보고. 30초 동안만 지켜본다.'

'예.'

행여 적들 근처로 다른 적이 나타나는지 지켜봤다.

인질을 구하는 작전의 최소 성공 조건은 구출 작전이 이뤄지고 있다는 것을 적이 모르게 만들어야 했다. 잠시 동안 복도에 서 있는 매방파 조직원들을 지켜봤다.

아니나 다를까 교실에서 한 조직원이 나왔고 더듬으면서 동료 조직원들에게 와서 말을 걸었다.

그것을 다시 김상옥과 대원들이 지켜봤다.

잠시 후 복도로 나왔던 조직원이 교실로 들어갔고 그제 야 대원들이 움직이기 시작했다.

'진입한다.'

총구를 지향하고 천천히 움직였다.

조직원들이 알아차릴 수 없는 거리에서 대원들과 함께 방아쇠를 당기면서 네명의 조직원을 단번에 처치했다.

그리고 중앙 계단을 통해 3분대가 오르기를 기다렸다.

잠시 후 반대편 복도 끝에서 2분대가 올라왔고 중앙 계단으로 3분대가 올라왔다.

그것을 보고 김상옥이 수신호로 지시를 내렸다.

'끝 쪽 교실부터 수색한다.'

'예. 중대장님.'

1층에서는 인질을 발견하지 못했기에 2층에 있을 것이라고 생각했다.

바로 앞의 교실을 창문을 통해서 살폈고 그 안에 인질이 아닌 다수의 조직원들이 있는 것을 확인했다.

기관총이 거치되어 창문 밖으로 조준되어 있는 것을 봤다. 책상 위에는 소총이 놓여 있었다. 김상옥이 대원들에게 알렸다.

'맥심 기관총 하나, 무기 다수 확인, 적은 방심하고 있다. 문 가까운 쪽 2명, 창문 쪽 한명, 중앙 둘, 뒷문 한명. 일제 돌입해서 신속 정확하게 사살한다. 창문 쪽은 유리가 깨질 수 있으니 주의해서 발포하라.'

'예. 중대장님.'

'하나 둘 셋 하면 문을 열고 돌입한다.'

김상옥이 문을 잡고 손가락을 보였다.

신호 세번을 표시하고 문을 열자 준비하고 있던 대원들이 빠르게 교실로 들어갔다.

직후 안에서 조직원들의 소리가 일어났다.

"서영이냐?"

따다닥. 따닥.

"으윽……."

따다닥.

호두껍데기가 터지는 소리와 함께 '털썩' 하는 소리가 일었고 옅은 신음소리가 났다.

그러나 신음 소리가 길게 나오지 않도록 다시 총성이 일면서 침묵으로 교실이 채워졌다.

다행히 유리창이 깨지지 않았다.

김상옥이 안을 슬쩍 확인하고 조직원들을 죽인 대원들을 맞이했다. 문을 통해 조용히 대원들이 나왔다.

'모두 처리했습니다.'

'그래. 탄창 교체하고 계속해서 수색한다.'

'예.'

어둠 속을 계속 헤집었다.

다음 교실로 향해 복도 창문을 통해서 안을 확인했고 한 곳에 몰려 있는 아이들과 그 앞을 지키는 두명의 조직원을 확인했다. 그들의 손에 소총과 권총이 들려 있었다.

매방파 조직원들에게 붙잡힌 아이들이 공포 속에서 힘든 시간을 보내고 있었다.

"너무 어두워……."

"나… 오줌 마려워……."

"오늘 밤도 이러고 자야 하는 거야……?"

아이들의 소곤거림에 앞을 지키는 조직원이 언성을 높였다.

"누가 떠들라고 했어? 맞고 싶어?!"

"……."

"한번만 더 소리 내 봐! 찾아내서 죽일 줄 알아!"

호통에 아이들이 소리를 죽였다. 불안 속에서 벌벌 떨었고 소변이 마려운 아이는 어쩔 줄 몰라 했다.

늦은 밤이었기에 긴장 속에서도 고개를 끄덕이면서 조는

아이들도 있었다. 그때 문이 드륵~ 하면서 열렸다.

"음?"

바람이 불어 들어왔다. 어둠 속에서 더 새까만 그림자가 일렁이면서 들어왔다. 조직원은 안으로 들어온 이가 자신들의 동료라고 생각했다.

빨간 점이 생기더니 그 점은 이내 자신의 몸을 따라서 움직였다. 그리고 목과 머리 이마로 향했다.

앞에서 불빛이 번쩍였다.

따닥.

조직원들이 쓰러졌고 구석에 모여 있던 아이들이 어리둥절했다. 어둠 때문에 잘 보이지 않아서 무슨 일이 일어났는지 알 수 없었다.

앞에서 스멀거리는 그림자들이 나타났다.

중국말이 가능한 대원이 앞으로 와서 아이들에게 말했다. 아이들이 가만히 듣고 있었다.

"아저씨들이 나쁜 놈들을 해치웠으니까. 여기 가만히 있거라. 다른 나쁜 놈들도 해치워야 하니까. 절대 소리 내지 말거라. 아저씨들은 공안 요원 아저씨들이란다."

창문으로 스며드는 달빛 아래에서 얼굴을 드러냈다.

야간투시경을 방탄투구 위로 올린 상태에서 대원이 입 앞에 검지를 붙이고 '쉿.'이라는 소리를 냈다.

그러자 아이들이 무슨 일이 일어났는지 알았다.

놀라서 소릴 낼 뻔했다가 스스로 입을 막고 친구들이 서로 입을 막아줬다.

구출한 아이들을 진정시키고 자리에 계속 있도록 주의를 전했다. 그리고 다시 움직이기 시작했다.

옆 교실을 수색하고 이번에는 교사들을 인질로 삼고 있는 조직원들을 봤다.

네명의 조직원이 교사들을 감시하고 있었다. 김상옥과 대원들이 문을 열고 들어가서 그들의 생명을 휩쓸었다.

호두껍데기가 깨지는 소리가 나면서 앞에 서 있던 조직원들이 쓰러지자 교사들이 당황했다. 어리둥절한 가운데 대원이 앞으로 나와서 이야기를 전했다.

그들의 침묵이 반드시 필요했다.

"조선의 전투 경찰입니다. 구출작전 중입니다. 그러니 소리를 내시면 안 됩니다."

입 밖으로 튀어 나오려던 소리를 삼켰다.

조선 경찰이 왔다는 이야기에 교사들이 흥분하면서도 입을 다물고 침묵을 지키려고 했다.

공안보다 더욱 믿음직스러운 조선 경찰을 보면서 안도를 얻었다. 그들에게 통역이 가능한 대원이 계속해서 중국말로 주의를 전했다.

"옆의 교실에 아이들이 있으니 한 분만 가셔서 아이들을 지켜주시기 바랍니다. 저희들은 계속해서 작전을 벌이겠습니다."

대원이 하는 말을 이해하고 교사들이 고개를 끄덕였다.

그중 한 교사가 앞으로 나서서 작은 목소리로 뭔가를 말하려고 했다. 그가 전하는 것은 중요한 정보였다.

"3층 교장실입니다……."

"예?"

"그곳에 매방파 두목이 있는 것으로 압니다. 조직원들로부터 들었습니다."

정보를 들은 대원에게 김상옥이 물었다.

"뭐라고 하던가?"

"3층 교장실에 두목이 있다고 합니다……."

"그러면 그 방에 있는 놈들을 최대한 살려야겠군."

"예. 중대장님."

정보를 알려준 교사에게 고맙다는 뜻을 전했다.

그리고 복도 밖으로 나와서 다른 교실을 수색하며 아이들을 찾고 매방파 조직원들을 사살해 나갔다.

1분대와 마찬가지로 2분대도 반대편 교실을 하나씩 살피면서 아이들을 구했고 인질을 감시하는 조직원들을 남김없이 모두 사살했다.

그리고 2분대는 중앙 계단을 지키며 행여 수색되지 않은 교실이나 창고에서 적이 나오지 않는지 경계했다.

그렇게 2층의 적들을 처치하고 3층으로 오르는 계단 앞에 이르렀다.

'올라간다.'

'예. 중대장님.'

구출 작전의 막바지였다. 3층에 올라 교장실을 목표로 진입 속도를 높이기 시작했다.

달과 별이 세상을 비추고 있었다. 세상에 모든 빛이 지워지고 지상의 빛에 가려졌던 별들이 모습을 드러내자 그것을 보는 것만으로도 낭만을 느낄 수 있었다.

오갑상이 창문 밖의 하늘을 보면서 부푼 꿈을 그리고 있었다. 그가 상해의 지배자가 되는 것을 상상했다.

'내일이 되면 총통 놈은 결국 우리에게 항복한다. 그러면 이번 기회에 상해를 놈의 손에서 떨어트려서 나의 제국을 세우는 거다. 누구도 거역할 수 없는 제국을 말이야!'

비록 정부의 대답은 없었지만 공안이 소학교에 진압을 벌이지 못하고 쩔쩔 매는 것을 보면서 충분히 통하고 있다고 생각했다.

그것을 두고 자신의 방식이 옳다고 생각했다.

수단과 방법을 가리지 않는 폭력만이 스스로를 지키고 타인의 것을 빼앗아 차지할 수 있다고 생각했다.

그의 아버지 또한 조직의 1인자였고 아버지로부터 배운 것을 실천하고 있었다.

'약탈당하지 말고 네가 약탈해라. 약자는 강자를 짓밟지 못한다. 오직 강자만이 약자를 짓밟고 병탄한다. 관아 관리들도 네 발 아래에 둬야 한다. 알겠느냐?'

아버지에게 고개를 숙이면서 굽실거리던 상인과 관아의 관리들을 기억했다. 기세와 힘만이 세상을 관통하는 유일한 진리라고 생각했다. 법은 그런 진리에서 절대 통하지 않을 것이라고 생각했다.

그렇게 빨리 해가 뜨기를 기다렸다. 아침이 되면 보란 듯이 아이 하나를 제물처럼 죽이고 선포하려고 했다.

그때 교장실 밖에서 인기척이 났다.

"음?"

따닥.

털썩.

"무슨 소리지?"

"제가 알아보고 오겠습니다. 두목님."

간부 중 한 사람이 어둠 속의 문으로 향했다. 그리고 밖에서 무슨 일이 일어났는지 확인하기 위해 문을 열고 나가려고 했다.

문을 열자 스산한 바람이 불어 들어왔고 익숙한 피 냄새가 교장실 안으로 밀려 들어왔다.

다시 인기척이 밖에서 일어났다.

따다닥.

털썩.

"……?!"

사람이 쓰러지는 소리였다. 그 사람이 누구인지 오갑상은 알 수 있었다. 그가 부하의 이름을 불렀다.

"맹철! 맹철!"

부름에 어떤 응답도 들려오지 않았다. 등골이 서늘했다. 밖에 누군가가 있다는 것을 알았다.

절대 부하 간부나 조직원이 아닐 거라고 생각했다.

"웬 놈이냐?! 모습을 드러내라!"

일갈하며 권총을 들고 열린 문 쪽을 향해서 조준했다.

교장실에 있던 간부와 조직원들에게 싸울 준비를 하라고

크게 소리쳤다.

그의 지시를 복도 창문을 통해서 그림자들이 지켜보고 있었다. 교장실에서는 어둠 속의 그림자를 절대 알아볼 수 없었다.

밖엔 이미 김상옥과 대원들이 자리를 잡고 있었다.

오갑상의 말을 알아들을 수 있는 대원이 김상옥에게 보고를 전했다.

'책상 뒤에 권총을 든 자가 두목입니다.'

수신호로 보고를 전하고 곧바로 김상옥이 명령을 내렸다.

'섬광탄을 사용한다. 책상 뒤의 두목만 남기고 모조리 죽여라.'

'예. 중대장님.'

잠시 후 허리춤에 달고 있던 섬광탄을 1분대장이 뽑아서 교장실 안으로 투척했다.

'펑!' 하는 소리와 함께 빛이 번쩍했고 태양보다 환한 빛을 본 교장실 안의 사람들이 비명을 질렀다.

"아악!"

"내 눈!"

어둠에 익숙해진 눈이었기에 효과가 매우 컸다.

오갑상과 조직원들이 허우적거릴 때 김상옥과 대원들이 교장실 안으로 들어와서 방아쇠를 당겼다.

호두껍데기가 터지는 소리가 나면서 오갑상 외 모든 조직원과 간부들에게 총알이 날아들었다.

비명과 함께 사람 쓰러지는 소리가 옆에서 일어났다.

극도의 공포감이 일어났다.

오갑상이 사방으로 총질을 했다. 그리고 시력을 찾으려고 손으로 눈을 비비고 앞을 보려고 했다.

그때 그의 얼굴로 주먹이 날아들었다.

퍽!

"크악!"

주먹을 맞은 오갑상이 쓰러졌다.

그가 들고 있던 총이 옆에 떨어졌고, 그의 옆구리와 가슴으로 발길질이 날아들었다.

밤중에 홍두깨처럼 날아드는 구타에 비명을 질렀고 신음을 일으키기 시작했다. 그리고 조선말을 들었다.

"건드릴 게 따로 있지! 감히 애들을 건드려? 일단 좀 맞자! 개 같은 놈!"

퍽! 퍼억!

"크윽! 커헉!"

격한 통증이 머리 가슴 배를 가리지 않고 일어났다.

폭행당하다가 죽을 것 같아서 팔로 머리를 감싸고 버티려 하다가 기절했다.

매방파 두목을 걷어찬 김상옥이 거칠 게 숨 쉬면서 그를 기관단총으로 조준하고 방아쇠에 검지를 걸었다.

그때 1분대장이 그의 팔을 잡았다.

"중대장님."

"놔! 이 새끼를 죽여야 돼!"

"죽이셔도 되지만 살려서 본보기를 보이시는 것이 선수라고 생각합니다. 살아서 받는 고통이 더 클 수 있습니다."

"큭."

"고정하십시오. 중대장님."

1분대장의 말에 김상옥이 총구를 거둬들였다.

그리고 조정간을 안전에 놓고 대원들에게 지시했다.

"이놈 포박해, 당장."

"예. 중대장님."

한숨을 쉬면서 임무에 성공했다는 생각이 들었다.

교장실로 들어온 소대장에게 미처 수색하지 못한 교실이나 창고가 있었는지 물었고 그런 곳이 없다는 것을 보고받았다.

인질을 모두 구하고 아이들과 교사들이 있는 곳으로 대원들을 보내 안전을 확보했다.

그리고 다른 소대의 임무 성공 보고를 기다렸다.

"시간이 걸리는군."

"조만간 보고가 올 겁니다."

기다림의 끝이 초조함으로 바뀌려 할 때였다.

김상옥의 무전기로 다른 소대장들의 보고가 전해졌다.

3소대와 함께 움직이는 나석주의 보고가 전해졌다.

—당소 3소대.

"중대장이다. 송신 바람."

—3소대 임무 성공했습니다. 인질 전원은 무사하고 소대

사상자도 없습니다. 조직원들은 전멸했습니다.

"확인. 수고했다. 우리도 임무에 성공했다."

이어 2소대의 보고가 전해졌고 인질 전원이 무사 구출됐다는 사실을 확인했다.

김상옥이 안도의 한숨을 쉬었다.

"다행이군."

"예. 중대장님."

"중국 내무부장관에게 알려야겠어."

"예."

중국말이 가능한 대원에게 무전기를 넘겼다.

무전망을 돌려서 보고를 기다리고 있는 상해 공안청과 교신을 취했다. 대원이 유창한 중국말로 서세창에게 희소식을 알려줬다.

"당소. 조선 특임 전투 경찰 중대. 각 소학교 탈환 성공. 반복한다. 각 소학교 탈환 성공. 인질 사상자 전무."

―수신!

무전 답변이 매우 힘찼다. 보고를 전하고 대원들이 미소 지었다. 야간투시경을 올려서 잘 안 보이지만 그럴 것이라고 충분히 확신이 들었다.

이윽고 상해시 전체에 전기가 복구되면서 정전이 끝났다. 그러자 어둠에 잠겨 있던 교장실 풍경이 눈앞에 펼쳐지고 온 사방이 피로 물들어 있다는 것을 알게 됐다.

그 피는 전부 매방파 간부들과 조직원들의 피였다.

아래층에서 비명소리가 울려 퍼졌다.

"꺄악!"

"우왁!"

시신과 피를 본 교사들이 비명을 질렀다.

김상옥은 아래층의 대원들이 알아서 아이들의 시선을 돌려주길 원했다.

전기가 복구되면서 전등에 불빛이 다시 돌아오자 어둠에 극도의 불안을 느꼈던 아이들의 부모가 공안소장을 찾아가서 학교의 상황을 물었다.

"아이들은요?! 우리 아이는 무사하겠죠?!"

"제발 알려주세요! 소장님!"

부모들의 애원에 공안소장은 난감한 표정을 지을 수밖에 없었다.

"아이들은 무사할 겁니다."

"확인해보고 말씀하시는 거죠?! 비명소리가 들렸단 말이에요!"

"총성이 울리지 않았잖아요. 비명이야 정전 전에도 들렸는데, 걱정하지 마십시오. 아이들은 무사할 겁니다."

건성으로 하는 대답 같았다. 하지만 총성이 들리지 않았기에 아이들이 무사할 것이라는 그의 판단에 대해서는 동의했다. 꼭 그래야 한다고 생각하면서 걱정 가득한 시선을 학교로 보냈다.

부모들에게 대답하고 소장이 잠시 생각에 잠겼다.

'아까 전에 교장실에서 불빛이 번쩍였던 것 같은데⋯⋯.'

정전이었을 때 교장실에서 번갯불이 번쩍였던 것을 기억했다. 그리고 그것이 매방파에 대한 어떠한 징조일 수도 있겠다는 느낌이 들었다.

뭔가 차분했고 불안감이 지워지고 있었다. 그때 비상지휘소에 설치된 전화기에서 소리가 크게 울려 퍼졌다.

두근거리는 마음으로 수화기를 들었다.

"비상지휘소의 안필 소장입니다."

전화를 건 쪽은 상해공안청이었다.

—내무부장관입니다.

"아, 예!"

—지금 아이들이 구출되었습니다. 조선 전투 경찰이 구했으니 절대 사격해선 안 됩니다.

"예…예! 알겠습니다!"

대답은 했으나 어떤 지시를 받았는지 기억나지 않았다.

귓가에 붙였던 수화기를 내리고 생각을 정리하는 데에 꽤 많은 시간이 필요했다. 그리고 머리에서 벼락이 치면서 자신이 들었던 것이 기억났다.

"조선 전투 경찰…?! 맙소사!"

소장의 반응에 공안 요원들이 물었다.

"무슨 일입니까? 소장님."

급히 소장이 지시를 내렸다.

"인질이 구출됐다! 곧 학교 건물에서 나올 테니까 절대 총을 쏴선 안 된다! 아이들의 부모들에게도 알려 어서!"

소학교 주위가 급히 소란스러워졌다.

아이들이 구출됐다는 소식에 부모들은 희소식을 듣고도 귀를 의심할 수밖에 없었다.

어떤 조치도 취하지 못한 채 그저 자리만 지키는 공안 요원들을 보면서 깊은 실망을 느꼈다.

그래서인지 갑자기 아이들이 구해졌다는 사실이 믿어지지 않았다.

"정말로 우리 아이들이 구해졌다고요?!"

"그런다니까요! 조선 전투 경찰이 투입됐다 합니다! 아이들이 곧 나올 거예요!"

"아아… 이런 일이……!"

조선이라는 말에 모든 그림 조각이 맞춰졌다. 그리고 정전이 찾아온 것에 대해서도 이유가 붙여지기 시작했다.

잠시 후 학교 건물 현관을 통해서 아이들과 교사가 천천히 빠져나왔다.

그 양 옆을 총을 든 무장병력이 호송하고 있다는 사실을 학교 주위의 공안 요원들과 아이들의 부모가 보았다.

불빛이 비춰지고 아이들의 얼굴을 보면서 부모들이 소리질렀다.

"혁아!"

"정아! 무사하구나! 엄마다!"

어머니의 목소리를 듣고 아이들이 반응했다.

"엄마다! 엄마!"

"정아!"

소리가 난 방향으로 아이가 달려갔다.

그곳에 위치한 어머니가 달려온 아이를 품에 안고 엉엉 울었다. 그 모습을 김상옥과 대원들이 흐뭇한 표정으로 지켜봤다. 모두가 기뻐하는 가운데 공안소장이 대원들 주위로 다가왔다.

"상해 공안청에 소속된 소장입니다. 혹, 지휘관을 만날 수 있겠습니까?"

통역이 이뤄지고 김상옥이 앞으로 나섰다.

"조선 특임 전투 경찰 중대장 김상옥입니다."

"아, 안필 소장입니다. 조선 경찰이 투입된 줄 몰랐습니다."

"작전 성공을 위해서 최대한 비밀을 유지했습니다."

"혹, 안에 남은 인질범들이 있습니까?"

"없습니다. 전원 사살되었습니다. 아, 딱 한명 살았는데 공안 쪽에 신병을 넘기겠습니다. 꼭 살려서 법 집행으로 처벌하기 바랍니다."

김상옥이 1소대장에게 고갯짓으로 명령했다.

그러자 대원들이 붙든 인질범이 포박된 채로 끌려와서 소장인 안필 앞에 섰다. 입에 재갈이 물려 있고 얼굴에 멍이 많이 들었지만 그를 알아볼 수 있었다.

"세상에! 이…이자는……!"

"매방파 두목으로 알고 있는데 맞습니까?"

"예!"

"좋은 본보기가 될 것 같으니 잘 처분하십시오. 총알 100발 정도를 꽂아 넣으려다가 참았으니 그만한 벌 정도는 받아야 할 겁니다.”

“인질범의 신병을… 인계하겠습니다……!”

매방파 두목이 사로잡혔다는 사실이 믿어지지 않았다.

안필은 즉시 공안 요원들에게 범죄인을 인계 받으라고 지시를 내렸고 요원들도 오갑상이 체포된 사실이 믿어지지 않아, 눈을 몇 번이나 비비고 볼을 꼬집기도 하면서 신병을 인계받았다.

살아 돌아온 교사들이 가족들에게 돌아와서 눈물을 흘리며 해후했다. 늙은 어머니가 교사인 자식을 끌어안고 울다가 김상옥과 대원들을 가리키면서 물었다.

“저 사람들이… 널 구해줬니……?”

교사가 고개를 끄덕이면서 대답했다.

“예! 어머니! 조선 경찰이 우릴 구해줬어요!”

교사의 말에 그 가족의 시선이 대원들에게 향했다.

그의 외침을 들은 아이들의 부모도 김상옥과 대원들을 보면서 눈물지었다.

그들이 대원들에게 와서 감사의 뜻을 전했다.

“감사합니다……!”

“우리 아이를 구해주셔서 정말 감사합니다……!”

“이 은혜, 어떤 것으로도 갚을 수 없을 겁니다……!”

“참으로 감사합니다……!”

교사와 그들의 가족과, 아이들의 부모가 함께 고맙다는 뜻을 전했다. 그리고 구출된 아이들이 김상옥과 대원들에게 배꼽 인사를 하면서 고마움의 뜻을 전했다.

아이의 감사인사를 보고 김상옥이 미소 지었다.

"이 임무, 정말 할 맛이 나는군."

조선 백성이 아닌 다른 나라 백성을 구하는 일이었다.

그렇지만 그 보람은 세상의 어떤 것과도 바꿀 수 없는 크나큰 보물이었다.

아이들의 미소보다 더한 보상은 없었다.

"조선 경찰 만세!"

"만세! 만세! 만세!"

"조선 제국 만세!"

"만세! 만세! 만세!"

"와아아아~!"

사람들이 만세 삼창을 외쳤고 그 중심에 서 있던 김상옥과 대원들은 뿌듯함을 느끼면서도 자신들이 찬양받는다는 사실에 부끄러워했다.

그들의 임무가 무사히 끝났다.

"돌아가세."

"예. 중대장님."

상해 공안청에서 보낸 차를 타고 곧바로 남경으로 돌아갔다.

* * *

다음 날 아이들이 무사히 구해진 사실이 알려지고 상해시에 대한 보도제한이 풀렸다.

남경 가판대에 긴급 보도라는 제목을 단 신문이 꽂혔고 사람들이 그것을 사서 기사 내용을 살피기 시작했다.

　전차 정류장에 서 있던 사람들이 기사를 읽다가 크게 놀랐다.

　"헉. 맙소사."

　"어떻게 이런 일이……!"

　"매방파가 아이들을 인질로 삼았다가 진압 당했다니……!"

　"대체 밤에 무슨 일이 있었던 거지?"

　출근하던 사람들이 웅성거렸다. 신문을 사지 않은 사람들은 신문을 든 사람에게 무슨 소식인지 물었다.

　갓 취업한 청년이 어느 회사의 관리직을 맡고 있을 것 같은 중년 남성에게 물었다.

　"인질극이라도 벌어졌습니까?"

　"그래. 매방파가 소학교 세 곳을 점거해서 인질극을 벌였네."

　"맙소사. 아이들은 무사한가요?"

　"무사하다고 기사에 쓰여 있어. 그리고 조직원들이 모두 사살되었네. 여기 사진 좀 봐. 이게 다 핏자국이야. 인질범이 된 매방파 조직원들이 전부 사살됐어."

　청년에게 신문을 보여주면서 남자가 말했다.

　신문에 실린 사진을 보면서 청년이 크게 놀랐다.

　안에는 조선 전투 경찰이 아이들을 구했다는 내용이 기사로 실려 있었다.

구출된 교사들의 취재 응답 기사가 실려 있었다.

[정말 아무것도 안 보였어요. 그 어둠 속에서 어떻게 싸웠는지 전혀 상상이 안 되더라고요. 그리고 분명히 총을 쏘긴 쐈는데 제가 생각하는 총소리가 아니었어요. 마치 콩껍질이 터지는 소리 같았는데 다른 교실에 있었다면 아마 그 소리를 못 들었을 거예요.]

그리고 구출된 아이들의 부모와 했던 취재 응답 기사도 함께 실려 있었다.

[어떤 어머니든지 자식이 죽으면 피눈물 날 거예요. 삼합회 일당이 저의 아이가 다니는 학교를 점거하고 제 아이를 인질로 삼았다는 소식을 들었을 때, 정말 하늘이 무너지는 기분이었어요. 그저 제 아이를 살려달라고 신께 빌었고 조선 경찰이 신께서 보내주신 사자가 되었지요. 정말 조선 경찰이 아니었다면 제 아이가 인질범들 손에 큰일을 당했을 거예요. 조선 황제와 대신들에게 감사함을 느껴요.]

기사들을 읽고 그동안 있었던 사실들을 알게 됐다.
매방파라 불리는 삼합회가 중국 정부가 선포한 범죄와의 전쟁에 반발해서 벌인 짓이라는 것을 알게 됐고, 인질로 잡혔던 아이들이 조선에서 지원해준 전투 경찰에 구출된 것을 알았다.

그로 인해서 조선에 대한 칭송이 다시 높아지게 됐다.

"조선 경찰이 우리 아이들을 구했군!"

"그동안 우리 어민을 상대로 체포하고 처벌해서 감정이 별로 좋지 못했는데 이렇게 뛰어난 경찰들을 보내서 매방파를 격퇴하고 아이들을 구출하다니."

"그동안 잊고 있었지만 조선이야말로 우리의 유일한 동맹국이야."

"조선이라면 우리의 상국이 된다 해도 찬성할 거야."

"옳소."

아이들은 미래이자 희망이었으며 모든 사람들의 감정에 영향을 끼칠 수 있는 존재였다.

그런 존재를 조선 경찰이 구해내면서 모든 중국인들이 다시 조선에 빠져들었다. 그러면서 그들은 매방파 두목이 사로잡힌 사실을 알았다.

"세상에, 매방파 두목인 오갑상이 체포되었네?"

"그 와중에 나머지 놈들은 모두 죽이고 그놈만 살린 거야?"

"우와, 조선 경찰 대단하네, 진짜."

얼굴에 멍이 든 오갑상의 얼굴이 신문 기사 사진으로 실렸다. 그는 매방파 구성원 중 유일한 생존자였다.

모든 악의 근원이었고 삼합회 무리들의 정점에 서 있는 자였다. 그가 공안 요원들에게 체포되어 상해 검찰청으로 향했다.

차에서 내렸을 때 미리 기다리고 있던 기자들이 사진을

찍으면서 취재 질문들을 던졌다.

방송국에서 나온 사람들이 촬영기로도 찍고 있었다.

"아이들을 인질로 삼았을 때 죄책감은 없었습니까?! 고갯짓으로라도 대답해 주십시오!"

"……."

재갈이 물려진 상태에서 눈만 깜빡이면서 어떤 질문에도 응답하지 않았다.

그저 공안 요원이 이끄는 대로 걸음을 옮겼다.

그때 저주를 퍼붓는 상해 시민들 중에서 한 사람이 오갑상에게 달려들었다.

그가 오갑상을 넘어뜨리고 주먹을 휘둘렀다.

"개자식!"

퍽! 퍽!

"네놈 때문에 내 아들이 죽었어! 아이들밖에 모르는 착한 내 아들이!"

퍽! 퍽!

얼굴에 날아드는 주먹에 오갑상이 신음을 토해냈다.

촬영기는 그를 폭행하는 늙은 남자와 오갑상을 번갈아 찍으면서 사람을 해친 삼합회가 어떤 꼴을 당하게 되는지 모든 중국인들에게 보여줬다.

새소식 방송을 통해서 방영이 이뤄졌다.

남자는 매방파가 학교를 점거할 때 아이들을 지키다가 조직원들에게 죽임을 당한 교사의 아버지였다.

취재 영상 안에서 그 사실을 안 사람들이 공안의 제지를 뚫고 들어가 오갑상의 얼굴로 발길질을 가했다.

군중의 집단 폭행으로 죽임을 당하지 않은 것이 다행이었다.

겨우 요원들이 사람들을 벌렸고 피떡이 된 오갑상은 거칠게 숨 쉬며 급히 온 구급차에 몸을 실을 수밖에 없었다. 그에 대한 수사는 몸이 회복될 때까지 미뤄질 수밖에 없었다.

천하대세가 기울어지고 있었고 그 흐름을 중국 정부에서는 놓치지 않고자 했다. 미리 세워뒀던 전략대로 범죄와의 전쟁을 수행하고 있었다.

"지금이야말로 마지막 경고를 하셔야 된다고 생각합니다."

"삼합회 조직들에 대한 경고를 말입니까?"

"예. 이제 자수하지 않으면 죽음을 피할 수 없는 경고를 전하셔야 됩니다. 전 국민이 매방파 두목의 말로를 지켜본 만큼 남아 있는 다른 삼합회도 총통 각하의 경고를 가볍게 들으려 하지 않을 겁니다. 경고를 무시하면 무시무시한 일을 겪을 것이라고 생각할 겁니다."

서세창의 조언을 받고 손문이 고개를 끄덕였다.

"알겠습니다."

그리고 그날 저녁에 중대발표를 예고하고 다음 날 오후에 영출기 앞으로 사람들을 모았다. 중화관 대통령 집무실에서 손문이 단호한 표정으로 최후의 경고를 전했다.

그 대상은 남아 있던 다른 삼합회 조직이었다.

영출기에서 책상 앞에 앉은 손문의 모습이, 그의 목소리가 울려 퍼졌다.

[국민 여러분. 저는 이번에 이 나라 범죄를 뿌리 뽑고 준법을 바로세우기 위해 범죄와의 전쟁을 선포하고 관료의 부패를 색출하고 있습니다. 또한 오랫동안 국민들의 재산을 갈취하고, 이제는 국부조차 그들의 것이라 주장하면서 불법 행위를 저지르는 삼합회 조직을 퇴치하고 있습니다.

이번에 상해를 거점으로 삼는 매방파가 소학교의 아이들을 인질로 삼으면서 정부를 상대로 협박했지만, 저는 절대 굴하지 않고 조선 정부와 긴밀한 공조 끝에 아이들을 모두 구출하고 죄인들을 사살, 혹은 체포했습니다.

이미 국민들께서는 새소식 시청과 신문 구독을 통해서 알고 계시겠지만, 매방파 두목인 오갑상 외 나머지 조직원들은 전부 사살됐습니다. 물론 도중에 도망친 자들이 있을 수도 있겠지만 적어도 보고를 받았을 땐 조직원들 중 생존자는 전무합니다.

이렇듯 범죄를 저지르고도 부끄러워하지 아니하고, 오히려 적반하장을 벌이며 국민을 위협하는 삼합회에 대해서 저는 추호의 용서도 허락하지 않을 것입니다. 바로 국민의 행복을 지키기 위해, 이 나라 질서를 지키고, 공명정대함을 찾을 것입니다.

하여 저는 중화민국 전 국민에게 알립니다. 그리고 현재 남아 있는 삼합회 두목과 조직원들에게 마지막 경고를 전합니다.

닷새의 시간을 주겠습니다.

닷새 안에 가까운 공안청이나 검찰청으로 가서 자수하십시오. 그렇지 않을 경우 저는 국가내란과 국가반역의 죄를 반드시 물을 것입니다.

정부의 모든 권력을 총동원해서 삼합회에 속했던 모든 조직원들의 신분을 조회하고 끝까지 추적할 것입니다. 그리고 기한을 넘긴 결과가 어떠한지 만천하에 본보기를 보일 것입니다.

저는 그 본보기를 이미 보였다고 생각합니다.]

단호함이 발표 곳곳에 묻어났다.

그리고 막바지에는 손문의 분노가 터져 나오면서 보고 있던 사람들의 심장이 떨릴 지경이었다.

신명파와 화신패, 매방파가 궤멸되었고 6대 삼합회 중에 사천, 염파, 중화패가 남아 있었다.

세 조직은 중화민국 정부의 마지막 표적이었다.

영출기 앞에 청도를 거점을 삼는 염파 조직원들이 모여 있었다. 그들은 하나같이 굳은 표정으로 손문의 중대발표를 지켜보고 있었다. 발표가 끝나자 두목인 이자룡에게 조직의 간부가 걱정을 드러냈다.

"본보기를 보였다는 이야기는 설마 매방파처럼 죽이겠다는 이야기 아닙니까?"

다른 간부들도 불안감을 나타냈다.

"매방파 놈들 때문에 괜히 총통의 심기만 불편해졌습니다."

"닷새가 넘어가면 저희들에게 자수의 기회도 없을 겁니다."

"자수합시다. 두목님."

간부들의 애원에 소파에 앉아 있던 이자룡이 눈을 감았다. 눈을 감은 채 고심했고, 버텨야 된다는 생각이 들었지만 그것이 악수가 될 수도 있다고 생각했다.

결국 모두를 살리기 위해 결단했다.

"자수토록… 하자… 매방파도 이기지 못했는데 우리라고 정부를 상대로 이기겠는가? 자수만이 우리가 살 수 있는 길이다…….."

"감사합니다! 두목님!"

어느 누구 하나도 자신이 몸담고 있는 조직이 해체된다는 사실에 슬퍼하지 않았다. 슬픔을 느끼기 이전에 죽을 수도 있다는 두려움이 훨씬 컸다.

결국 다음 날 중화패 전 조직원이 그들의 거점인 청도의 공안청으로 가서 자수했다.

그리고 남아 있던 사천과 염파를 비롯한 큰 삼합회 조직 두 곳과 사람들이 잘 모르는 작은 삼합회 조직들까지 공안청과 공안소에 자수했다.

닷새가 금방 지나고 손문에게 보고가 전해졌다.

서세창이 환하게 웃으면서 기쁜 소식을 전하고 있었다.

"전국의 삼합회 조직들이 퇴치되었습니다. 아무래도 매

방파가 전멸하면서 다른 삼합회 조직들에게 두려움을 안겨준 것 같습니다. 삼합회 조직원들과 간부들이 그들과 결탁했던 관료가 누군지 실토하고 있습니다."

"이번을 기회로 부패의 고리를 끊어낼 수 있겠군요."

"예! 총통 각하! 우리 한족 중화민국이 다시 새롭게 거듭날 수 있게 되었습니다. 이제 우리의 명예를 지킬 수 있습니다!"

중국 어민의 불법조업으로 시작 된 나비효과였다.

나비의 날갯짓이 폭풍이 되어 세상에 불의를 일으키는 자들을 쓸어냈다.

언론에서는 연일 중국의 부정부패가 척결되고 있다고 소식을 전했다. 중국 국민들은 그 어느 때보다 통쾌함을 만끽하면서 공정해진 중국의 미래를 기대했다.

* * *

조선에 중국의 소식이 전해졌다. 이희가 보고를 받고 흐뭇한 미소를 지었다.

조선 특임대를 통해서 거둔 성과였다.

"우리가 특임대를 통해서 손문의 정권에 제대로 힘을 실어줬군."

"중화민국 정부 관료들은 물론이거니와 중국 국민들도 우리 대원들을 칭송하고 있습니다. 그리고 폐하와 우리 백성들을 찬양하고 있습니다. 이 사실을 백성들에게 전하시면 현재 녹고 있는 우리 백성들의 마음이 더욱 빠르게 녹을 것입니다. 예전처럼 양국의 우의를 도모하실 수 있습니다. 여기에 못 박으시려면 특사를 보내시는 것도 한 방도라 여겨지옵니다."

이시영이 충언을 올리자 이희가 고개를 끄덕였다.

그는 함께 앉아 있던 장성호에게 특사로 중국에 다녀오라는 황명을 내렸다.

"특무대신은 짐의 명을 받들어, 특사가 되어 중화민국으로 향하라. 그리고 두 나라 우의를 도모하라."

"황명을 받들겠습니다. 폐하."

장성호가 이희의 명을 받들었다.

그는 다음 날 여객기를 통해서 남경으로 가 중화관에서 손문을 만나고 악수했다. 장성호를 만난 손문이 중국을 대표하면서 감사의 뜻을 전했다.

"조선의 황제께서 중국의 일에 이렇게 특사를 보내주실 줄은 몰랐습니다."

"조중 양국 사이에 잠깐 생긴 불화도 어쩌면 삼합회 때문에 일어난 것이지 않겠습니까? 그런 삼합회가 척결되었으니 더 이상 중국 어민들이 생존을 이유로 불법 조업할 이유도 없습니다. 양국의 국익을 지키는 일이기도 합니다."

조선 황제가 특사를 보낸 이유를 설명했다.

손문은 조선이 중국의 일을 남의 나라 일로 여겨주지 않음에 고마움을 표시했다.

"감사합니다. 이번에 조선의 특임 전투 경찰이 없었다면 삼합회 척결은 불가능했을 겁니다. 조선의 지원 덕에 이런 기쁨을 맞이합니다."

"중국의 빠른 지원 요청이 없었다면 시간은 더 걸리고 많은 희생자가 나왔을 수도 있습니다. 제가 볼 때는 각하와 중국 정부의 판단이 빨랐습니다. 저희의 지원만으로는 이룰 수 없는 결과입니다."

서로를 칭찬하고 함께 미소를 지었다.

중국 정부는 자존심을 챙겼고 조선은 우방의 한없는 신뢰와 존경을 되찾았다.

공명정대함을 바로 세우고 거기서부터 중국의 국익을 함께 지켜주기로 했다. 그것이 곧 조선을 위한 길이었다.

"이제 삼합회도 척결되었으니 중국의 근해는 어민들에게 돌아갈 겁니다. 좋은 어장에서 어민들이 고기를 낚고, 황폐해진 어장을 빨리 좋은 어장으로 복원시켜야 됩니다. 반드시 복원해야 됩니다. 그래서 이번 특사단에 우리 농림수산부 관료들을 수행원으로 삼아서 함께 왔습니다."

중국의 근해 어장을 복원하고 중국 어민이 조선 근해로 오지 않도록 양국간 협의가 이뤄지기 시작했다.

어민들에게 치어를 잡아서는 안 되는 이유에 대해서 교육했다. 또한 어종마다 금어기를 지정하고, 그것을 어길 경우 강하게 처벌하는 제도에 관해서 알려줬다.

바다에 콘크리트 구조물을 가라앉혀서 인공 어초를 만들고 고기들이 잘 살 수 있도록 만드는 정책도 함께 알려줬다.

그렇게 함께 공생하며 공동의 국익을 일궈나갔다.

중근 근해에서 자란 바닷고기가 조선 근해로 와서 산란할 수도 있었다.

중국과 조선 사이의 바다는 너무나도 좁았다.

그렇게 협의를 가지고 손문은 중국의 어장을 회복시켜서 어민들이 불법 조업을 하는 일이 없도록 만들 것이라고 약조했다.

또한 장성호는 손문의 부탁을 받아 이희에게 징역살이를 하고 있는 중국 어민들에 대해서 사면을 간청해주기로 했다.

물론 해안경비대에 흉기를 휘두른 어민에 대해서는 사면 적용이 불가함을 알려줬다.

모든 논의와 협의가 끝나고, 장성호가 돌아갈 때 남경에 대기하고 있던 특임 전투 경찰 중대도 돌아가기로 했다. 조선으로 돌아가기 전에 김상옥이 손문을 만났다.

김상옥과 대원들에게 손문이 감사의 뜻을 전했다.

"중화민국 정부와 국민을 대표하는 총통으로서 감사를 전합니다. 우리 아이들을 무사히 구해주셔서 고맙습니다. 모든 게 특임 전투 경찰 중대장과 대원들의 공입니다."

중국 총통의 고맙다는 말에 김상옥이 대표로 겸손한 모습을 보였다.

"저희들만 싸운 것이 아닙니다. 정전 조치는 오직 중국 정부에서만 할 수 있는 일입니다. 그리고 아이들의 안전을 위해서 신중한 모습을 보여줬던 중국 공안의 역할도 컸

습니다. 저희야말로 영예를 다 가져가는 것 같아서 죄송할
따름입니다."

그 말에 손문은 아니라고 말했다. 그리고 비서실장에게
미리 준비했던 선물을 대원들에게 주라고 말했다.

자신은 직접 김상옥에게 선물을 챙겨서 줬다.

손에 작은 함이 얹어졌고 김상옥이 안을 열어서 보면서
눈을 키웠다.

"이것은……."

손문이 어떤 선물인지 말했다.

"중화민국 최고훈장인 국민명예훈장입니다."

"국민명예훈장……."

"중대장과 대원들이 중화민국 국민이었다면 많은 혜택
을 얻게 되겠지만, 아쉽게도 조선의 국적을 지니고 있어서
그야말로 명예훈장밖에 되지 않습니다. 하지만 우리는 중
대장과 대원들을 기억할 겁니다. 극악무도한 삼합회를 상
대로 이 나라의 미래라고 할 수 있는 아이들을 지킨 것을
이 나라가 망하거나 세상이 멸해질 때까지 기억할 겁니다.
우리의 역사에 김 중대장과 대원들의 이름이 기억될 겁니
다."

훈장 수여를 받고 김상옥이 미소 지었다.

"감사합니다. 그리고 제가 여태 살면서 오늘이 가장 기
쁜 날 중 하나인 것 같습니다. 조선과 중화민국 양국의 우
의를 다진 일에 무한한 영광을 느낍니다. 참으로 감사합니
다."

왼손으로 함에 담긴 훈장을 겨드랑이에 끼웠다.

대원들에게 김상옥이 구령을 붙였다.

"중대! 차렷! 경례!"

척!

"바로!"

중화민국 내무부에 속해진 것으로 손문에게 전하는 마지막 경례였다. 그리고 특임경찰중대는 장성호와 함께 비둘기를 타고 조선으로 돌아갔다.

그들의 공을 손문과 1억이 넘는 중국인들이 기억했다.

그로부터 한달이 지나서였다.

중화민국 총통이 주재하는 국무회의가 끝난 뒤 내무부장관인 서세창과 총통인 손문이 독대했다.

매방파 두목인 오갑상이 사형 판결을 받은 가운데 그것에 대한 이야기를 하다가 서세창이 이상한 보고를 받은 것을 알려줬다. 그것은 조선에 관한 것이었다.

"그런데 총통 각하. 조선에 관한 소식 중에 이상한 소식이 전해진 것이 있습니다."

"어떤 소식을 말입니까?"

"조선의 특임 전투 경찰 중대를 기억하십니까?"

"알다마다요. 그것을 제가 어찌 잊겠습니까? 혹시 김 중대장에게 무슨 일이라도 생겼습니까?"

"그 중대가 우리 정부가 조선에 지원을 요처하기 전에 없었던 중대였다고 합니다."

"예……?"

"김 중대장이 돌아간 직후, 해체 없는 해체가 이뤄지면서 중대가 사라졌다고 합니다. 그리고 또 한가지 소식이 있습니다. 국방부와 조선 군부의 선을 통해서 알아본 결과, 김 중대장과 휘하 대원들이 군인이라고 합니다. 그것이 사실이라면 우리 정부의 지원 요청에 조선은……."

"군대를 파병한 것이 되겠군요……."

"임무만 수행하고 어떤 보상도 받지 않고 돌아간 것이 됩니다. 오직 각하께서 수여하신 국민명예훈장만 소지한 채 말입니다. 조선군이 우리 아이들을 구하고 돌아갔습니다. 각하."

공동의 적을 상대하기 위해 두 나라의 군대가 함께 힘을 합치는 경우가 있었다. 그러나 치안 유지를 위해 군대 파병을 요청하는 경우는 절대 없었다.

그랬을 경우 그 군대는 침략군으로 변해 중국의 모든 주권을 약탈할 수 있었다.

설령 믿을 수 있는 우방국이라 하더라도 삼합회를 척결하기 위해 조선군의 파병을 요청하는 것은 중국인들의 자존심을 해치는 일이었다.

그런 중화민국 정부의 자존심을 조선 조정이 지켜줬다.

그리고 압도적인 무력으로 인질범들을 격퇴했다.

그 모든 사실을 알게 된 손문이 환하게 웃었다.

허탈하게 웃으면서 그가 서세창에게 말했다.

"역시 조선과 우리는 함께 해야 됩니다. 그들과 운명을 나눠야 됩니다. 그래야 이 빛을 갚을 수 있습니다."

가슴에서 차오르는 감동이 있었다.

조선이 걷은 영광의 길 위로 중화민국 또한 미래로 향하는 길을 두려고 했다.

두 나라가 운명을 같이 하며 내일을 약속하려고 했다.

그렇게 100년 이상의 우의를 도모하기 시작했다.

새로운 미래가 펼쳐지고 있었다.

두 나라가 분단되는 미래는 이미 지워진지 오래였다.

조선을 경외하는 새로운 강국이 탄생되고 있었다.

그리고 역사의 흐름이 완전히 엇나갔다.

분단의 미래가 지워진 조선과 마찬가지로 중화민국 또한 대륙과 섬이 나뉘는 미래가 완벽하게 지워졌다.

작은 변화가 큰 변화를 이루고 있었다. 그 변화는 세상에 크나큰 변혁을 낳기 시작했다.

1924년 초부터 역사의 갈림길이 일어나고 있었다.

신조선 新정기

흐름이 완전히 어긋나다

하얀 눈이 내리고 있었다.

창밖의 눈을 보다가 눈앞에서 가쁘게 숨 쉬고 있는 이를 내려다봤다.

트로츠키가 의사에게 물었다.

"얼마나 더 버틸 수 있을 것 같습니까?"

"제가 볼 때는 앞으로 일주일 안입니다. 일주일 안에 주석 동지께서 의식을 차리시지 않으시면 힘들 것 같습니다."

"그래도 최선을 다해주십시오. 소비에트 연방 공화국과 위대한 공산 혁명을 위해서 말입니다. 인류를 위해서 꼭 주석 동지를 살려주시기 바랍니다.”

“최선을 다해서 치료하겠습니다.”

병상에 누워 있는 레닌이 거칠게 숨 쉬었다.

그의 눈은 반쯤 떠져 있었지만 흰자위밖에 보이지 않았다.

누가 보더라도 며칠 살 것 같지 않은 모습을 보이고 있었다.

그 앞에 소비에트 연방 공화국의 중앙위원회 위원들이 모여 있었다.

트로츠키는 의사에게 레닌을 살려달라고 거듭해서 부탁을 전한 뒤 특별입원실에서 빠져나와 위원들과 함께 중앙위원회로 돌아가려고 했다.

그때 스탈린이라 불리는 주가슈빌리와 마주쳤다.

그가 측근들을 이끌고 트로츠키 앞에 섰다.

트로츠키에게 스탈린이 레닌의 상태를 물었다.

“주석 동지의 상태는 어떻소?”

“아직 의식을 없소. 하지만 곧 깨어나실 거요. 주치의가 치료를 담당하고 있으니 위원회로 돌아가시오.”

대답을 듣고 스탈린이 인상을 쓰면서 걸음을 옮겼다.

그러자 트로츠키가 소리치면서 그의 행로를 막으려고 했다.

“이보시오. 스탈린 위원. 주석 동지께서는 안정을 취하셔야 하오.”

“그저 병실에 들어가서 주석 동지를 보기만 하고 나올 거요."

트로츠키의 말을 무시하면서 스탈린이 특별입원실로 향했다.

그리고 트로츠키는 그를 부르짖으면서 욕설을 했다.

스탈린이 입원실로 들어오자 레닌의 주치의가 인사했다.

레닌의 상태를 그에게 알리려고 하자 스탈린이 손을 들어 보이면서 말하지 않아도 된다고 말했다.

의자를 끌어다가 앞에 앉아서 가쁘게 숨 쉬는 레닌을 지켜봤다.

그를 지켜보다가 밖에 나갔다 들어온 측근에게 물었다.

"혁명군사평의회 주석은?"

"중앙위원회로 돌아갔습니다. 위원 동지."

"예전부터 그랬지만 그자는 언제나 내가 생각하는 방향과 정반대의 생각을 해. 이렇게 있다고 해서 주석 동지에게 큰일이 생기는 것도 아닌데 말이야."

"제가 볼 때는 군사평의회 주석께서 위원 동지를 견제하려는 것 같습니다. 그렇지 않고서는 일일이 위원 동지께 반대하지 않을 겁니다. 분명히 이유가 있습니다."

측근의 말에 스탈린은 부정하지도 긍정하지도 않았다.

가만히 앉아서 생각하다가 지난 일을 기억했다.

"생각해보니 꼭 반대만 한 것은 아니었어. 함께 입을 모은 적도 있긴 했네."

"고려의 영화를 금지할 때를 말입니까?"

"그때 군사평의회 주석과 의견이 일치했지. 주선 동지께서도 우리 둘을 보고 만족해 하셨고 말이야. 뭐, 지금은 이미 지나간 일이지만……."

다시 기억을 더듬었다. 그리고 레닌이 그나마 정신을 차리고 있을 때를 기억했다.

그가 병문안을 온 스탈린에게 물었다.

'스탈린…….'

'예. 주석동지.'

'자네가 생각하기에… 우리의 혁명을 앞으로 어떻게 전개시켜야 된다고 생각하나……?'

레닌이 공산 혁명의 방향에 대해서 물었고 그 물음에 솔직하게 대답한 적이 있었다.

'다른 나라의 혁명을 이끄는 것보다 우리의 혁명을 먼저 완수시켜야 합니다. 안부터 단단하게 만들고 난 뒤, 밖으로 우리의 기세를 보여야 합니다. 그래야 다른 나라의 혁명도 이끌 수 있습니다. 그렇게 해서 소비에트 중심으로 전 세계의 혁명을 이룰 수 있습니다.'

그 대답에 레닌이 동감을 표시한 적이 없었다.

부정한 적도 없지만 적어도 그의 구미에 맞는 의견이 아니라는 것을 알았다.

그 때문에 서운한 감정이 일어났다.

"그러니까 저의 말이 옳다고 그렇게 말하지 않았습니까… 결국 내 말대로 했으면서……."

혁명을 성공시킨 후 모든 사람들이 계급투쟁과 혁명을

곳곳에 뿌려야 된다고 말할 때, 오직 유일하게 내실부터 다져야 된다고 말했다.

그리고 콜차크의 백군에게 패할 뻔한 상태가 되고 나서야 그 자신의 말대로 소련의 내실부터 다지기로 중앙위원회 차원에서 결정을 내렸다.

볼셰비키를 반대하는 무리들을 쳐내고 반동이라 불리는 모든 세력들을 물리쳤다.

덕분에 스탈린은 혁명의 새로운 길을 제시하면서 많은 사람들이 그 주위에 서게 됐다.

현실적인 혁명을 이루고 궁극의 평등으로 나아가려고 했다.

그런 스탈린을 레닌은 마지막까지 제대로 인정해주지 않았다.

그리고 옅어지던 숨소리가 사라졌다.

"주석 동지! 주석 동지! 아아…! 이런 일이……!"

주치의가 오열하면서 레닌을 흔들었다.

그 모습을 뒤로 물러난 스탈린과 그의 측근 위원들이 지켜봤다.

'평등'이라는 가치로 소비에트 연방 공화국을 세운 이상가가 숨을 거뒀다.

소련의 모든 인민이 레닌의 죽음을 슬퍼했다.

"아아! 주석 동지!"

"이렇게 떠나시다니!"

"주석 동지! 동지께서 이렇게 가시면 저희는 살 수가 없습니다! 앞으로 부르주아를 어떻게 상대하란 말씀입니까! 주석 동지!"

모두가 눈물을 흘렸고 어떤 이는 희망을 잃었다고 말하면서 목숨을 끊는 사람들도 있었다.

그들은 죽어서 천국과 지옥 중 어느 한 곳도 가지 않을 것이라고 생각했다.

그저 죽음은 죽음 그 자체라고 생각했다.

인간 중심의 사상인 공산주의에서는 오직 과학 발전과 진화, 평등의 진리만이 사상적으로 용납될 수 있었다.

때문에 장례식 아닌 장례식이 치러졌다.

죽은 이에게 좋은 곳으로 가길 원하는 것은 반동이었고 있을 수 없는 일이었다.

그저 죽은 이를 기억하는 것뿐이었다.

"헌화를 하십시오. 이를 통해 우리는 주석 동지의 생각과 이념을 머리와 가슴에 새겨 넣을 것입니다. 그리고 세상에 계급을 낳는 부르주아들을 퇴치할 것입니다. 주석 동지께 헌화하십시오."

레닌의 시신이 놓인 화관 앞에서 모스크바 시민들이 꽃을 놓고 슬퍼하면서 나갔다.

공산당 중앙위원회 위원들도 함께 와서 헌화를 하면서 열성적으로 혁명을 주도하던 레닌의 모습을 기억했다.

그들이 헌화할 때 모스크바 시민들은 추모관 밖에서 벌벌 떨어야 했다. 혹한의 찬바람이 세차게 불면서 소비에트의 땅을 얼리고 있었다.

헌화를 마치고 트로츠키가 밖으로 나왔다. 그가 중앙위원회 위원들에게 말했다.

"돌아가서 노농자들을 위해서 힘씁시다. 우리를 통해 전 세계의 위대한 공산 혁명이 이뤄질 겁니다."

"예. 주석 동지."

명목상 대통령이라고 할 수 있는 전연방 집행위원회 공동의장인 칼리닌이 있었다. 하지만 칼리닌보다 트로츠키가 레닌에 이는 명백한 2인자 실세였다.

그가 레닌을 대신하고 있었고 군사평의회 주석이었기에 레닌의 인민위원평의회 주석을 대리로 맡을 수 있었다.

그런 트로츠키를 스탈린이 쳐다보고 있었다.

트로츠키는 스탈린을 힐끔 보고 할 일을 위해서 차를 타고 군사평의회로 돌아갔다.

집무실 책상 앞에 앉아 필요한 조치들을 행했다.

"레닌 동지의 시신을 기념하는 조치에 대해서 위원들의 동의가 이뤄졌습니까?"

"예. 주석 동지."

"그러면 이제 앞으로 레닌 주석 동지는 우리와 영원히 함께 하겠군요. 그의 시신을 볼 때마다 위대한 혁명의 가치를 기억할 겁니다."

레닌의 시신을 화장하거나 땅에 묻지 않기로 했다.

방부 처리를 해서 레닌의 시신이 썩지 않도록 만들려고 했다.

유리관 안에 넣어서 보기 좋게 꽃들을 깔고 레닌을 영원히 기억하게끔 만들려고 했다. 그 조치를 소련의 모든 위원과 인민이 지지하면서 따랐다.

결재 문서에 서명을 했을 때 곁에 서 있던 부주석이 트로츠키에게 말했다. 그의 이름은 '미하일 프룬제'였다.

"주석 동지. 레닌 동지께서 하신 이야기를 기억하셔야 됩니다."

"……."

그 말을 듣고 트로츠키가 생전에 레닌이 했던 말을 기억했다. 뇌일혈 후 말도 제대로 할 수 없을 때 온 힘을 다해서 말하던 레닌을 떠올렸다.

'스탈린… 그놈을… 막아야 해… 그놈은 인민이 무엇을 원하는지 잘 알고 있어… 놈이 권력을 쥐게 되면… 우리가 추구했던 이상이 아닌… 놈의 권력을 위한 소비에트로 변질될 거야… 절대 그렇게 되는 것을 막아야 해…….'

그것이 레닌이 전했던 마지막 말이었다. 그 말을 전한 뒤로 레닌은 실어증에 시달리다가 결국 의식을 잃고 숨을 거두게 됐다.

트로츠키가 옛 기억을 떠올리면서 생각에 잠겼다. 그리고 차분하게 프룬제에게 말했다.

"레닌 동지가 영면한지 얼마 지나지 않았습니다. 그 문제에 대해선 나중에 이야기합시다."

"앞으로 그자의 공세가 벌어질 겁니다."

기회를 놓치지 말라고 말하면서 스탈린이 공격을 벌일 것이라고 프룬제가 말했다.

그로부터 일주일 뒤 레닌에 대한 추모 기간과 헌화 기간이 끝난 뒤, 기념관이 마련되면서 그 안에 방부 처리가 된 레닌의 시신이 입관됐다.

위로 유리관이 씌워지고 주위로 꽃들이 장식됐다.

모스크바 시민은 언제든지 기념관으로 와서 레닌을 만날 수 있었고, 그를 보게 됨으로써 공산과 평등의 가치를 되새겼다.

가진 자들에 대한 분노를 일으키면서 그들을 끌어내려야 한다는 적개심을 매번 끌어올렸다.

그렇게 레닌의 장례식이 무사히 끝났다.

레닌의 빈자리가 생기면서 소비에트 공산당 안에서 기둥이 사라지고 분열되기 시작했다.

중앙위원회 위원들이 목소리를 높였다.

"이제 반동을 모두 제거하고 반군도 제압했으니, 서유럽에 우리의 혁명 정신을 전해야 하오! 자본가들로부터 아직도 억압받고 있는 노농자들에게 더 이상 그들이 버리는 빵 조각을 먹지 말고 그들의 빵을 빼앗고 재분배하도록 만들어야 하오! 그렇게 인류를 구원해야 하오!"

"옳소!"

위원들 중 한 무리가 목소리를 높였다.

그들은 트로츠키를 중심으로 똘똘 뭉친 사람들이었다.

반면 그에 반대되는 의견을 내는 무리가 있었다. 그들은 스탈린을 따르는 위원들이었다.

"굳이 우리가 서유럽의 혁명을 억지로 유도할 필요가 없소!"

"그게 무슨 이야기요?"

"우리가 잘 되면, 서유럽 노농자들도 알아서 따라올 것이라는 이야기요! 따라서 우리는 소비에트 연방 공화국의 내실부터 다져야 하오!"

그 말을 듣고 반대하는 자들이 다시 목소리를 높였다.

"그 말이 우리만 혁명을 이루고 살자는 이야기이지 않소?! 그것이 인류를 위한 길이오?! 우리의 혁명이 어떻게 이뤄졌는지 알지 않소?! 피로 일군 혁명이 가만히 있는다고 일어날 것이라고 보시오?! 지금부터라도 세상에 공산 혁명을 위한 씨앗을 뿌려야 하오!"

"옳소!"

그리고 다시 스탈린의 편에 선 위원들이 목소리를 높였다. 트로츠키와 스탈린이 뒤로 물러나 있는 상태로 서로를 노려보았다.

'레닌 동지의 의지는 내가 이어 받겠소. 그러니 주석 동지는 그저 가만히 지켜보시오. 소비에트 연방 공화국의 위대함과 우리의 혁명 완수를 지켜보게 될 거요.'

권력을 향한 깊은 야심이 스탈린의 눈에 새겨져 있었다.

트로츠키는 그가 무엇을 원하는지 정확히 알고 있었다.

스탈린이 원하는 것은 자신의 이름을 역사에 새기는 것이었다.

그러한 탐욕을 읽고 소비에트 연방 공화국의 미래를 엿봤다. 스탈린이 권력을 잡게 될 경우 어떤 세상이 펼쳐지게 되는지를 예상했다.

회의에서 중공업을 중시하느냐 경공업을 중시하느냐를 두고서도 각론을 벌였다. 회의가 끝난 뒤 위원들이 그것을 두고 판단하기 시작했다.

트로츠키에게 무게가 실리고 있었다.

프룬제가 트로츠키에게 그 사실을 알렸다.

"중공업을 크게 일으켜야 한다는 주장이 먹힌 것 같습니다. 그것을 통해 위원들이 주석 동지를 크게 지지하고 있습니다. 내실을 다지고 서유럽의 혁명을 동시에 이루는 길이라 여기고 있습니다."

그 말에 트로츠키가 고개를 끄덕였다.

"계속 밀어붙입시다. 스탈린에게 소련이 휘둘러져선 안 됩니다."

"예. 주석 동지."

스탈린에게도 트로츠키에게 위원들이 쏠리는 것이 알려졌다.

젊은 측근인 '게오르기 말렌코프'가 스탈린에게 그것을 알렸다.

"주석 동지가 중공업을 내세워서 위원들이 크게 따르고 있습니다. 때문에 주석 동지가 소비에트 연방 공화국의 내실도 다진다는 인식이 심어졌습니다. 뭔가 변화가 있어야 할 것 같습니다."

말렌코프의 이야기를 스탈린이 귀담아 들었다. 그리고 곧바로 결단을 내렸다.

"그러면 우리도 중공업 중시 정책을 세우도록 하지. 그리고 계속해서 서유럽이 아닌 우리의 혁명부터 완수해야 된다고 주장할 것이네. 바로 인류가 아닌 우리 인민들을 위해서 말이야. 그리고 우리의 주장을 위원회뿐만이 아니라 인민들에게도 널리 알리세. 인민이 우리 편이면 결국 우리가 이길 수밖에 없어."

"예. 위원 동지."

다음 회의 때에 스탈린이 직접 나서서 주장했다.

"경공업보다 중공업을 중점적으로 육성해야 된다는 것에 대해서 동의하오! 하지만 우리는 우리의 혁명부터 완수해야 하오! 인류도 인류지만, 나는 소비에트 연방 공화국의 노당자이자 인민이오! 나는 우리 인민들부터 잘 먹고 잘 살게 만들 것이오!"

"오오!"

파격의 바람이 불어 닥쳤다. 위원들의 무게가 다시 스탈린에게 쏠리면서 균형이 맞춰졌다.

그러나 공산당 위원이나 간부가 아닌 민중에게는 스탈린의 외침이 구원을 선포하는 것처럼 여겨지기 시작했다.

모스크바 광장에서 사람들의 함성이 크게 울려 퍼졌다.

"우리는 우리의 혁명 완수를 최우선으로 여기는 스탈린 위원 동지를 지지한다!"

"와아아아~!"

군중 속에 스탈린이 심어둔 사람들이 있었고 그들의 외침을 따라 다른 사람들이 휩쓸리듯이 크게 외쳤다.

그리고 얼마 지나지 않아 곧 소련 대부분 인민들이 외치는 함성이 됐다.

인민의 민심이 스탈린에게 크게 쏠리게 됐다.

그러한 보고가 트로츠키에게 전해졌고 그의 측근들은 굳은 표정을 지을 수밖에 없었다.

프룬제가 무거운 목소리로 트로츠키에게 말했다.

"인민이 스탈린을 지지하기 시작했습니다. 위원들은 여전히 주석동지를 지지하고 있습니다만, 인민이 놈을 지지하고 있어서 기세등등해졌습니다. 이대로면 위원들도 놈을 지지하게 될 겁니다."

이어 트로츠키의 측근 중 한 사람이 프룬제의 말에 힘을 보탰다. 그의 이름은 '게오르기 치체린'이었다.

"놈이 우리의 혁명을 망치고 있습니다. 세계 노농자들을 구원할 우리의 혁명을 소비에트에서 끝내려고 합니다. 놈은 자신의 명예를 위해 우리의 혁명을 이용할 겁니다."

6살이나 더 많고 경륜도 뛰어난 자였다. 그의 말에 이어서 다시 프룬제가 트로츠키에게 조언했다.

"아직은 역습을 가할 수 있습니다. 주석 동지는 혁명군사평의회 주석이십니다. 적군에 명령을 내리셔서 스탈린 일당을 제거하셔야 됩니다. 그렇지 않으면 레닌 동지께서 일궈놓으신 모든 것이 무너지게 됩니다."

"……."

측근들의 조언을 듣고 트로츠키가 침묵하며 생각에 잠겼다.

그의 고민은 결코 짧지 않았다.

그만큼 군을 움직인다는 것은 절대 쉬운 일이 아니었고 무엇보다 인민들이 크게 반발할 수 있는 일이었다.

스탈린의 지지가 높아진 상태에서 그를 제거하기가 쉽지 않았다.

"어쩔 수 없소……."

트로츠키의 말을 듣고 측근들의 너무나 무거웠다.

하늘에 두개의 태양은 절대 용납되지 않았다.

레닌의 죽음으로 트로츠키와 스탈린의 대결이 치열해지고 있었다.

공산당중앙위원회 근처 스탈린의 집무실로 그의 측근들이 모여서 자축하고 있었다.

그들은 스탈린에 대한 인민들의 지지가 높아짐에 기뻐하고 있었다.

"이대로 갑시다. 이대로면 결국 공산당 위원들도 스탈린 동지를 따를 수밖에 없습니다."

"소비에트 인민을 위한다는데 누가 감히 막겠습니까? 우리 혁명을 완수하고 세상이 우리를 따르도록 만들어야 합니다."

"우리의 공산주의는 절대 패하지 않을 겁니다!"

"옳소!"

말렌코프를 비롯한 위원들이 승세를 즐겼다. 좀 더 몰아 붙이면 트로츠키를 몰아낼 수 있다고 생각했다.

그리고 자신들이 꿈꾸는 이상향을 소련에서 펼칠 수 있

다고 생각했다.

그러나 스탈린은 그들과 다르게 결코 방심하지 않았다.

"주석 동지의 손에 아직 군권이 쥐어져 있소. 그러니 얼마든지 뒤집어질 수 있소."

트로츠키가 가진 권력이 어떤 권력이지를 알려줬다.

그 말을 듣고 말렌코프와 위원들이 정신이 번쩍 들었다.

트로츠키가 가진 군권의 힘을 반드시 빼놓을 필요가 있었다.

말렌코프가 스탈린에게 말했다.

"콜차크와 백군이 적군에게 대항했을 때, 위원 동지께서는 폴란드군과 맞서는 러시아 제국의 지휘관들을 등용하셔야 된다고 레닌 동지께 말씀하셨습니다. 그리고 주석 동지는 처음에 부르주아라고 말하면서 반대했고 말입니다. 하지만 나중에 가서는 결국 그들이 등용됐고 적군의 지휘관이 되었습니다. 적군 지휘관들 중에 위원 동지를 존경하는 사람들이 많습니다. 그들을 통해 주석 동지의 군권을 거둬들일 필요가 있습니다. 우릴 노리는 비수가 될 수도 있습니다."

그 말에 스탈린이 고개를 끄덕이면서 동의를 표시했다.

"우리 편이 되어줄 수 있는 적군 지휘관들의 힘이 필요하오. 그들에게 우리 편에 서 달라고 이야기 해줄 수 있는 사람이 있소?"

스탈린이 사람을 찾았고 측근 중 한 사람이 앞으로 나섰다.

"내가 나서보겠소. 적군 지휘관들 중에 우리 편에 설 수 있는 고위 장교들을 알고 있소."

'클리멘트 보로실로프'라는 이름을 가진 자였다.

그는 러시아 내전 기간 동안 스탈린과 친분을 크게 다진 인물로 비록 나이가 3살 어렸지만 친구와 다를 바 없는 자였다.

그에게 스탈린이 중책을 맡겼다.

"그러면 보로실로프 위원이 알아봐 주시오. 당장 움직이지는 않겠지만 적어도 군사평의회에 대한 감시만큼은 벌일 수 있어야 하오. 그것을 부탁하오."

"알겠소."

믿음직스러운 사람에게 일을 맡겼다.

그리고 레닌의 뒤를 이어서 혁명을 완수하는 역사를 이뤄내기를 원했다.

자축하며 보드카를 부은 술잔을 높이 올렸고 말렌코프가 위대한 혁명을 이루자는 말과 함께 건배를 했다.

함께 술잔을 비우면서 결의를 다졌다.

그때 스탈린의 집무실 밖에서 소란이 일기 시작했다.

밖을 지키는 측근 당원이 뛰어 들어왔다.

"위원 동지!"

"음?"

"큰일 났습니다! 지금 적군 장병들이!"

탕!

"……?!"

총성이 울려 퍼지며 집무실에 모여 있던 위원들이 놀랐다.

급히 들어왔던 당원이 총상을 입고 쓰러져서 숨을 거뒀다. 밖에서 총성이 연속해서 울려 퍼졌다.

거친 발걸음 소리가 나면서 스탈린의 집무실로 적색 완장을 찬 군인들이 안으로 들어왔다.

그리고 군복을 입은 트로츠키가 모습을 드러냈다.

'트로츠키?!'

'맙소사! 놈이 먼저 선수를 치다니!'

모든 이들의 표정이 얼어붙었다.

안으로 들어온 트로츠키는 차분한 모습으로 머리에 쓰고 있던 군모를 벗었다. 그리고 쓰고 있던 안경을 조금 매만졌다.

그를 보고 위원들은 두려움을 느꼈다.

책상 앞에 앉아 있던 스탈린도 입을 꼭 다문 채 아무 말도 할 수 없었다.

트로츠키가 스탈린을 보면서 물었다.

"스탈린 위원에게 한가지 묻고 싶은 것이 있소."

"뭘… 말이오……?"

"위원 동지가 원하는 것은 우리의 혁명이요? 아니면 한 줌 권력과 역사에 이름을 남길 수 있는 명예를 원하오? 거짓으로 위장하지 않고 진심으로 말해 보시오."

"……."

트로츠키의 물음에 스탈린이 생각을 정리해서 대답했

다.

"혁명이오. 내가 권력을 원하다니 가당치 않은 말이오."

"그런데 우리만의 혁명을 완수해야 된다고 말하면서 인민을 속이고 선동하는 것이오?"

"선동이라니?! 나는 절대 인민을 속인 적이……!"

"소비에트 연방 공화국만 혁명을 이룬다는 것은 우리만 잘살겠다는 이야기요! 그것이 인민을 속이는 게 아니고 무엇이겠소?! 그 끝에 무엇이 있는지 정녕 모르는 것이오?!"

"대체… 뭘 말하는 것이오……?"

스탈린이 되물었고 트로츠키가 이를 갈면서 미래를 예언했다.

"나라 또한 계급이오. 나라가 깨지고 온 나라가 하나가 되지 않으면 결국 우리는 겨우 없앴던 계급을 다시 만들어야 하오! 우리만 혁명을 이루고 잘살게 되면 다른 나라의 노동자가 들고 일어서는 것이 아니라 그들 나라가 우릴 대적하게 되오! 그러면 그들에게 맞서기 위해서 다시 계급을 만들어야 하오!"

"……"

"솔직히 대답하시오. 스탈린 위원이 원하는 것은 레닌 동지의 의지를 무너뜨리는 계급제이지 않소? 새로운 부르주아가 되길 원하는 것이지 않소? 그렇지 않소?"

스탈린의 침묵에 곁에 있던 보로실로프가 크게 소리쳤다.

"없는 이야기를 지어내지 마십시오! 지금 주석 동지는 우릴 완전히 잘못 알고……!"

탕!

"커헉……."

"클리멘트! 클리멘트! 트로츠키 이 빌어먹을 자식!"

쓰러진 보로실로프를 스탈린이 안았다.

핏발 선 눈으로 트로츠키를 노려봤고 직접 권총으로 보로실로프를 죽인 트로츠키가 차가운 시선으로 그를 내려다봤다.

그리고 자신의 이상향을 다시 밝혔다.

"절대 우리만 공산주의가 되어서는 안 되오. 전 인류가 공산주의를 따라야 하고, 당장 그것을 이뤄야 하오. 그렇지 않으면 큰 전쟁이 일어나거나 우리는 새로운 부르주아를 만들게 될 거요. 그것은 우리의 이념에 문제를 야기하게 될 거요. 위원 동지의 소비에트는 반드시 100년 안에 무너지게 되오."

트로츠키의 주장을 스탈린이 반박하지 못했다.

그저 이를 갈면서 그를 노려보고 보로실로프의 죽음을 슬퍼했다.

절대 그가 원했던 결말이 아니었다.

"반동을 체포하십시오."

"예! 주석 동지!"

트로츠키가 명령을 내렸고 프룬제가 그것을 따라 적군 장병들을 이끌었다.

그는 내전 기간 동안 남부총사령관과 동부총사령관을 연달아 맡으면서 군 장교들과 친분을 다진 상태였다.

그가 미리 적군 안에서 스탈린 편에 설 수 있는 지휘관들을 제거했다.

그리고 트로츠키는 자신의 손에 쥐어진 군권으로 소련을 새롭게 변화시키기 시작했다.

인류의 모든 미래가 틀어지고 있었다.

그리고 동양에서는 지속적인 발전이 이뤄지고 있었다.

예정 된 역사보다 더 빠르게 진보가 일어나고 있었다.

* * *

천군이 조선에 등장한 이래 인류사 전체에서 빠른 기술 진보가 이뤄지고 있었다.

산업이 발전하면서 석탄은 전략적인 자원이 됐다.

비록 석유로 인해 그 중요도가 낮아졌지만, 대형 제철소와 전기를 생산하는 발전 시설에서 여전히 다양하게 쓰이고 있었다.

그리고 극심한 환경오염을 유도했다.

중국의 산업이 발전하면서 석탄 발전소도 따라 지어졌다.

그 발전소들이 내뿜는 매연은 중위도의 편서풍을 타고 조선으로 흘렀다.

그리고 겨울이 되자 중국인들이 난방을 위해 석탄을 때

기 시작했다. 하늘이 뿌옇게 흐려졌다.

"오늘 공기 왜 이래?"

"뭔가 목이 갑갑해. 콜록 콜록."

거리의 백성들이 기침했고 궁궐의 궁내부 관리들과 궁인들도 따라 기침을 했다.

협길당에 있던 이희도 기침을 했으니, 그는 딱히 외감이라 불리는 감기에 걸린 상태도 아니라서 목이 갑자기 갑갑해지는 것을 이상하게 생각했다.

곧바로 장성호를 불렀고 자신의 상태에 대해서 말했다. 그리고 이유를 알았다.

"미세먼지라고?"

"예. 폐하. 석탄을 태울 때 나는 연기가 미세 먼지입니다. 조선과 중화민국이 위치한 중위도에서는 기상에 따라 조금씩 다르지만 대체로 서쪽에서 동쪽으로 구름이 이동합니다. 중국에서 태우는 석탄으로 인한 먼지가 조선으로 넘어오는 것입니다."

"그러면 중국 정부에 항의를 해야겠군."

"신도 그런 생각을 했습니다만, 근자에 조선과 중국의 관계가 겨우 회복된 상태라 미세먼지에 대한 이야기를 괜히 언급해서 양국 국민들의 감정이 나빠지게 되는 것을 피하려고 합니다. 대신 근본적인 대책으로 이를 해결하는 것이 낫다고 사료됩니다."

"근본적인 대책이라면 어떤 대책을 말인가?"

"전기 생산과 난방에 쓰이는 석탄을 천연가스로 바꾸는

것입니다. 천연가스는 보통 원유와 함께 채굴되는데 그 가스를 포집하는 기술을 개발했고, 조만간 화태에서 천연가스 생산이 이뤄지게 됩니다. 가스관을 중화민국까지 이으면 적절한 가격에 팔면서 미세먼지 문제도 해결할 수 있습니다. 석탄보다 가스 사용이 환경적으로 훨씬 깨끗합니다."

"중화민국 정부에는 연락했는가?"

"이미 연락해서 협의를 갖기로 했습니다. 좋은 결과를 이끌어낼 것입니다. 폐하."

'화태'는 러시아에서 사할린이라고 불렀던 섬이었다.

장성호의 대답을 듣고 이희가 고개를 끄덕였다. 그러면서 추가적인 조치를 내렸다.

"석탄을 사용하는 우리 공장들도 많은데 중화민국 때문에 공기가 더러워졌다면 이것은 분명히 정화 문제다. 짐은 우리 공장들이 정화 없이 매연을 뿜어낼 것이라고 여기지 않는다. 중화민국 정부에 중국의 공장들이 우리 공장 수준으로 매연을 억제할 수 있도록 조치를 요구하라. 그리고 우리 공장들의 정화 기술이 뛰어나다면 그것을 이전시킬 수 있도록 하라. 중국을 위한 일이 아니라, 우리를 위한 일이다."

"황명을 받들겠습니다. 폐하."

이희의 황명을 장성호가 받들었다.

그는 앞으로 산업이 발전되면서 반발처럼 이뤄질 환경오염을 미리 억제해야 된다고 생각했다.

그리고 조선은 더욱더 깨끗한 환경을 유지해야 했다.

전국 곳곳에 공장이 세워지고 안의 설비는 시간이 지날수록 전기를 쓰는 일이 많아졌다.

전동기가 돌아가면서 공장 기계가 쉴 새 없이 돌아갔고 강한 전자석이 되는 전기를 받아 제철소에서 생산되는 강철을 붙여서 끌어올렸다.

공장에는 무수한 전등이 설치되어 밤에도 환하게 불을 밝혔다.

가정에서는 영출기가 빛을 발하면서 사람들에게 새소식과 오락 거리를 선사했고, 도로의 가로등도 모두 전기를 받아서 밤에 불을 켜서 어둠을 쫓았다.

그리고 고속전철이 막대한 전기를 사용하면서 조선의 새로운 대동맥이 되어 사람과 물산을 곳곳으로 날랐다.

전기 없이 더 이상 발전도 없었다. 조선에서 필요한 전기 수요는 한달이 지날 때마다 급속도로 늘어나고 있었다.

그 수요를 감당하기 위해서 화석 연료를 때는 발전소를 지으면 설령 가스 발전소라 하더라도 대기 오염을 걱정할 수밖에 없었다.

위험을 감수해서라도 건설할 수밖에 없는 발전소가 있었다.

"원자력 발전소가 조만간 완공되는군."

"원자로 4기가 완공되면 앞으로 10년 동안 전기 수요는 문제없이 해결할 수 있습니다. 폐하."

"울산과 가까운 고리라는 곳이었지. 그리고 30년만 사용하고 영구 폐기한다고 들었다. 짐이 자세히는 잘 모르지만 원자력 발전이 핵분열 발전이라고 들었던 것 같은데 맞는가?"

"맞습니다. 폐하."

"그 후에 핵융합이었던가?"

"예. 폐하."

"핵융합 발전은 어떤 원리로 이뤄지는 발전인가?"

이희가 핵융합 발전에 대해서 설명을 요구했다.

장성호는 그 나름대로 알고 있는 지식을 알려줬다.

"중수소라 불리는 물질을 합쳐서 하늘에 떠 있는 태양과 맞먹는 열을 내는 기술입니다. 그것으로 전기를 생산하는 기술이 핵융합 발전입니다. 최대한 빨리 개발하고 개발하는 즉시 원자력 발전을 폐기할 것입니다."

"위험하기 때문인가?"

"위험을 감수하는 것을 고려해 볼 정도로 많은 전기를 생산하지만, 대체가 가능하다면 마땅히 대체되어야 합니다. 물론 한가지 이유를 제외하고서 말입니다. 그 이유 외에는 원자력 발전으로 전기를 생산할 이유가 없습니다."

듣는 귀가 있어서 장성호가 제대로 이야기 하지 않았다.

하지만 이희는 그의 이야기가 무엇을 두고 말하고 있는지 알고 있었다.

원자력 발전소가 있어야만 만들 수 있는 무기가 있다는 것을 들었다.

그리고 그것에 관해서 아는 사람들은 천군에 속한 사람

들과 그 무기를 만드는 것에 관여한 연구원들밖에 없었다.

절대 나라 밖으로 새어나가서는 안 되는 정보였고 그 무기에 대해서 아는 사람들이 적을수록 좋은 일이었다.

이희 또한 언급으로만 들었지 그 무기가 어떻게 생겼는지, 어느 정도의 위력을 가졌는지 제대로 몰랐다.

비밀리에라도 그 무기의 시범을 본 적이 없었다.

그저 장성호를 비롯한 천군을 믿고 기다릴 뿐이었다.

세상에 어떤 현명한 사람이라도 그들보다 현명할 수 없었다.

"굳이 그런 이유를 위해서 원자력 발전소를 짓지 않는 게 더 좋은 일이겠군."

"그런 일이 있다면 나라의 경사가 아니라, 세상의 경사일 겁니다."

조선을 지키기 위해서 어쩔 수 없는 일을 벌여야 했다.

높은 이상을 지녔더라도 현실에서 시선을 돌리는 최악의 실책만큼은 피하려고 했다.

그 현실은 인간이 악하다는 진리였다.

그렇게 조선의 미래를 준비하고 있을 때였다.

협길당 밖에서 성큼 거리는 발걸음 소리가 들렸다.

문 앞을 지키는 궁내부 관리가 목소리를 높였다.

"폐하. 총리대신과 외부대신, 군부대신이 드셨습니다."

"미리 온다는 이야기가 없었는데, 뭔가 급한 일인가 보군. 들라 하라."

"예. 폐하."

이희의 명에 문이 열렸고 장성호가 미리 옆으로 물러났다.

그러자 김인석과 민영환 유성혁이 함께 들어와서 이희에게 목례했다.

세 사람을 보고 장성호가 미간을 좁혔고, 이희 또한 그들의 표정을 보면서 심상치 않은 분위기를 느꼈다.

총리인 김인석에게 이희가 하문했다.

"총리. 뭔가 급박한 소식이라도 있는가?"

그의 물음에 김인석이 무겁게 대답했다.

"금방 정보국에서 긴급한 보고가 올라왔습니다."

"어떤 보고인가?"

"소련에서 새 지도자가 정해졌습니다. 소비에트 혁명군 사평의회 주석인 레프 트로츠키가 인민위원평의회 주석 자리에 올랐습니다. 그가 레닌의 후계자가 되었습니다."

소식에 충격을 받은 장성호가 물었다.

"스탈린은 어떻게 되었습니까? 본래 스탈린이 트로츠키를 제거하고 적군 장교 대부분을 숙청해야 되지 않습니까? 어째서 트로츠키가……!"

김인석이 대답했다.

"스탈린은… 처형되었네."

"예……?"

"적군을 동원해서 트로츠키가 먼저 스탈린을 치고 그 측근들을 숙청했네. 우리의 예상이 완전히 어긋나 버렸어."

"맙소사……."

"앞으로 상상 못한 일들이 벌어지게 될 것이네."

역사가 완전히 뒤틀렸다.

스탈린이 죽으면서 소련의 미래가 급반전 되었다.

그것으로 인해 권좌에 올라야 할 이가 나락으로 떨어지고, 나락으로 떨어져야 할 이가 권좌에 올랐다.

미래 후손들조차 모르는 미래가 펼쳐지기 시작했다.

그 미래는 마치 짙은 안개 속에 감춰진 길과 같았다.

〈다음 권에 계속〉